A METAMORFOSE
KAFKA

Die Verwandlung (1915)

© 2025 by Book One
Todos os direitos reservados e protegidos pela Lei 9.610 de 19/02/1998. Nenhuma parte desta publicação, sem autorização prévia por escrito da editora, poderá ser reproduzida ou transmitida sejam quais forem os meios empregados: eletrônicos, mecânicos, fotográficos, gravação ou quaisquer outros.

Coordenadora editorial	*Francine C. Silva*
Tradução	*Daniel Siqueira*
Preparação	*Rafael Bisoffi*
Revisão	*Raíça Augusto*
	Tainá Fabrin
	Thaís Tiemi Yamasaki
Capa	*Gui Lipari*
Projeto gráfico e diagramação	*Francine C. Silva*
Impressão	*Plena Print*

Dados Internacionais de Catalogação na Publicação (CIP)
Angélica Ilacqua CRB-8/7057

K16m   Kafka, Franz, 1883-1924
      A metamorfose / Franz Kafka; tradução de Daniel Siqueira. – 2. ed. – São Paulo: Excelsior, 2025.
      112 p.: color.
      ISBN 978-65-83545-05-3
      Título original: *Die Verwandlung*
      1. Ficção austríaca I. Título II. Siqueira, Daniel

25-1026   CDD At833

A METAMORFOSE
KAFKA

São Paulo
2025

EXCELSIOR
BOOK ONE

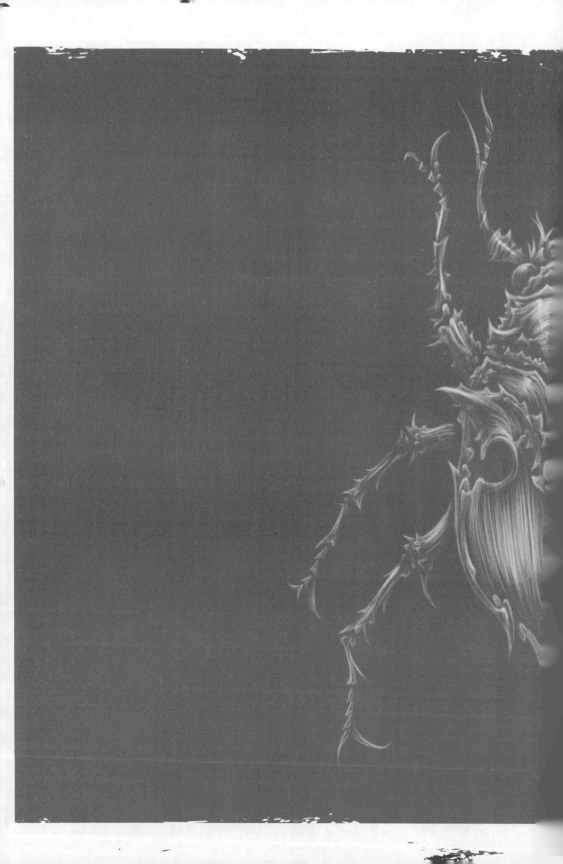

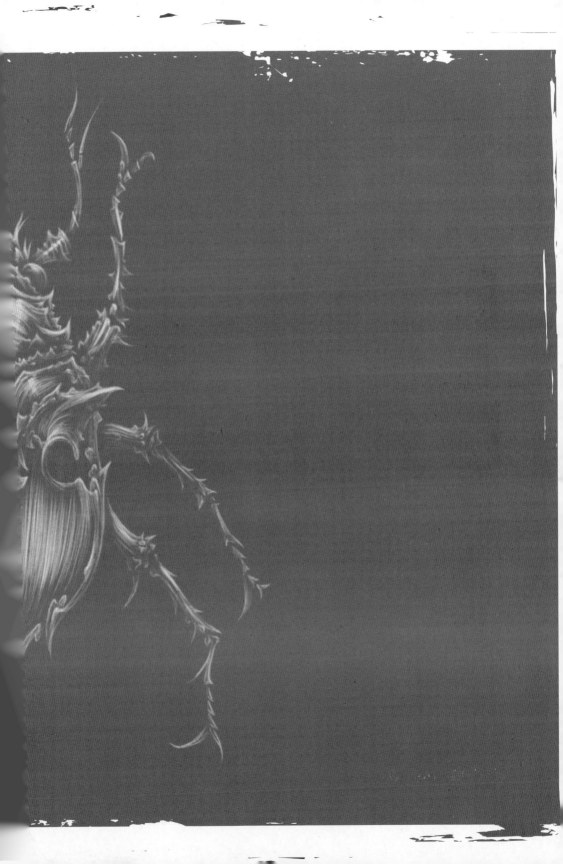

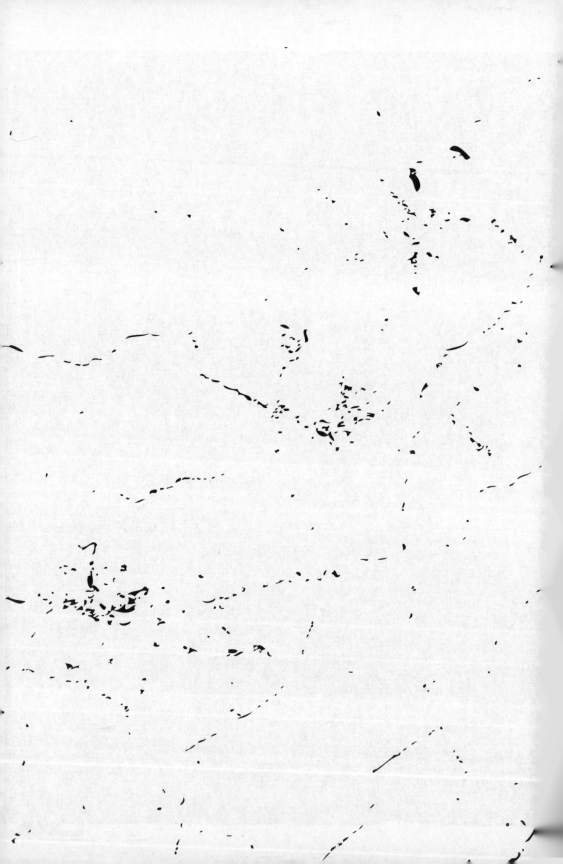

Quando, em uma manhã, Gregor Samsa acordou de sonhos conturbados, viu-se, na sua cama, transformado em um monstruoso inseto. Estava deitado sobre suas costas duras como armadura e, ao levantar um pouco a cabeça, viu sua barriga inchada, marrom, dividida por nervuras curvadas, em cima da qual o cobertor, prestes a deslizar de vez, ainda mal se mantinha. As suas numerosas pernas, miseravelmente finas em comparação com o volume do resto do corpo, tremiam desajeitadas diante dos seus olhos.

"O que aconteceu comigo?", ele pensou. Não foi um sonho. Seu quarto, um verdadeiro quarto humano, só que

FRANZ KAFKA

um pouco pequeno demais, permanecia silencioso entre as quatro paredes bem conhecidas. Sobre a mesa, na qual se espalhava, desempacotado, um mostruário de tecidos — Samsa era um caixeiro-viajante —, pendurou a imagem que havia recortado fazia pouco tempo de uma revista ilustrada e colocado numa bela moldura dourada. Retratava uma dama de chapéu e cachecol de pele que, sentada em posição ereta, erguia ao encontro do espectador um pesado regalo também de pele, no qual desaparecia todo o seu antebraço.

O olhar de Gregor, então, virou-se para a janela, e o tempo cinzento — podiam-se ouvir gotas de chuva batendo na folha de metal da janela — o fez se sentir bastante melancólico. "Que tal se eu continuasse a dormir mais um pouco e esquecesse todas essas tolices?", ele pensou, mas isso era completamente inviável, pois estava acostumado a dormir do lado direito e, no seu estado atual, não conseguia se colocar nessa posição. Embora ele se atirasse com alguma força para o seu lado direito, balançava sempre de volta para trás. Ele tentou isso uma centena de vezes, fechou os olhos para não ter que ver as pernas agitadas, e só desistiu quando começou a sentir no lado uma dor nunca sentida, leve, surda.

A METAMORFOSE

"Ah, meu Deus!", ele pensou. "Que profissão cansativa eu escolhi! Entra dia, sai dia, com o pé na estrada. As agitações dos negócios são muito maiores do que na própria sede da loja e, além disso, este flagelo de viagens ainda me é imposto, as preocupações com as conexões de trem, as refeições irregulares e ruins, um contato humano que está sempre em mudança, nunca duradouro, nunca se tornando amável. Que o diabo leve tudo!" Ele sentiu uma leve coceira na parte superior da barriga; lentamente, empurrou-se de costas para mais perto do estrado para poder levantar melhor a cabeça; encontrou o lugar da coceira, que estava coberto com muitos pequenos pontos brancos que ele não sabia avaliar; quis apalpar a mancha com uma perna, mas a retirou, pois sentiu calafrios ao toque.

Ele voltou à sua posição anterior. "Isso de levantar-se cedo", pensou ele, "deixa qualquer um estúpido. O ser humano precisa ter o seu sono. Outros caixeiros-viajantes vivem como mulheres de harém. Por exemplo, enquanto eu volto para a pousada ao longo da manhã para anotar as encomendas solicitadas, esses senhores mal começaram a tomar o café da manhã. Se eu tentasse fazer isso com o meu chefe, iria na hora para a rua. Aliás, quem sabe se isso não seria muito bom para mim? Se não me contivesse, por causa dos meus pais, teria pedido demissão há muito tempo; teria me postado diante do chefe e dito o que penso do fundo do coração. Ele iria cair da sua escrivaninha! Também, é estranho o modo como toma assento nela e fala de cima para baixo com o funcionário — que, além do mais, precisa se aproximar bastante devido à surdez do chefe. Bem, a esperança ainda não está completamente perdida, uma vez que eu tenha o dinheiro para pagar a dívida dos meus pais a ele — deve levar de cinco a seis anos —, vou fazer isso a todo o custo. Então, todos os vínculos estarão cortados. Por enquanto, porém, tenho de me levantar, pois meu trem parte às cinco".

E ele olhou para o despertador que fazia tique-taque sobre o armário. "Pai do céu!", ele pensou. Eram seis e meia e os ponteiros avançavam calmamente, já até passavam de trinta, agora faltavam quase quinze para as sete. O despertador não deveria ter tocado? Via-se da cama que ele estava ajustado corretamente para quatro horas: ele com certeza tinha tocado. Sim, mas era possível continuar dormindo tranquilamente com esse toque de abalar a mobília? Bem, ele não tinha dormido calmamente, mas talvez por isso mesmo mais profundamente. Mas o que é que ele devia fazer

A METAMORFOSE

agora? O próximo trem partia às sete horas; para alcançá-lo, precisaria se apressar como louco, o mostruário ainda não estava na mala, e ele próprio não se sentia de modo algum particularmente disposto e ágil. E, mesmo que pegasse o trem, não podia evitar uma explosão de raiva do chefe, pois o moço de recados da empresa tinha aguardado junto ao trem das cinco e fazia muito tempo que havia comunicado sua falta. Era um serviçal do chefe, sem inteligência e sem senso. E se avisasse que ele estava doente? Mas isso seria extremamente embaraçoso e suspeito, porque Gregor nem sequer tinha estado doente durante os seus cinco anos de serviço. Certamente o chefe viria com o médico do seguro de saúde, acusaria os pais por causa do filho preguiçoso e cortaria todas as objeções apontando para o médico do seguro de saúde, para quem há apenas pessoas completamente saudáveis, mas com medo do trabalho. Ele estaria assim tão errado neste caso? Gregor realmente se sentia muito confortável — exceto por uma sonolência realmente supérflua após o longo sono — e até estava com uma fome particularmente forte.

Como ele pensou em tudo isso com a maior pressa, sem ser capaz de se decidir a sair da cama — o despertador tinha acabado de bater quinze para as sete —, houve uma cuidadosa batida na porta junto à cabeceira da sua cama.

— Gregor — gritou; era a mãe —, são quinze para as sete. Você não queria ir embora?

Ah, que voz suave! Gregor se assustou quando ouviu sua própria voz responder, era inconfundivelmente a voz antiga, mas nela se misturava, como se viesse de baixo, um pio irreprimível e doloroso, que, só no primeiro momento, mantinha literal a clareza das palavras, para destruí-las quando acabavam de soar, de tal forma que a pessoa não sabia se havia escutado direito. Gregor queria responder em detalhes e explicar tudo, mas nestas circunstâncias ele se limitou a dizer:

— Sim, sim, obrigado, mãe, eu já estou me levantando.

Por causa da porta de madeira, a mudança na voz de Gregor provavelmente não foi perceptível lá fora, porque a mãe se acalmou com esta explicação e se afastou. Mas a breve conversa chamou a atenção dos outros membros da família para o fato de que Gregor, contrariando as expectativas, ainda estava em casa — e já estava o pai batendo, fraco, mas com o punho, numa porta lateral.

A METAMORFOSE

— Gregor, Gregor — ele chamou. — O que está acontecendo? — e, depois de um intervalo curto, advertiu outra vez, com voz mais profunda:

—Gregor! Você não está bem? Precisa de alguma coisa?

Gregor respondeu para ambos:

— Já estou pronto — e, por meio da pronúncia mais cuidadosa e da introdução de longas pausas entre as palavras, se esforçou para retirar de sua voz tudo que chamasse a atenção. O pai também voltou ao seu café da manhã, mas a irmã sussurrou:

— Gregor, abra, eu imploro.

Gregor, entretanto, não pensava absolutamente em abrir, louvando a precaução, adotada nas viagens, de conservar as portas trancadas durante a noite, mesmo em casa.

Em primeiro lugar, ele queria levantar-se calmamente e sem perturbações, vestir-se e, acima de tudo, tomar o café da manhã, e só então pensar sobre o resto, porque, como provavelmente percebera, na cama não chegaria a uma solução razoável só com o pensamento. Lembrou-se de já ter sentido, várias vezes, alguma dor ligeira na cama, provocada talvez pelo jeito desajeitado de deitar, mas que depois, ao ficar em pé, mostrava ser pura imaginação, e estava ansioso para ver como se dissolveriam gradualmente as imagens do dia de hoje. Não duvidou nem um pouco de que a alteração da voz não era outra coisa senão o prenúncio de um severo resfriado, moléstia profissional dos caixeiros-viajantes.

Afastar o cobertor foi muito simples: precisou apenas se inflar um pouco e ele caiu sozinho. Mas daí em diante as coisas ficaram difíceis, em particular porque ele era bem largo. Teria precisado de braços e mãos para se erguer; em vez disso, porém, só tinha as numerosas perninhas que faziam sem cessar os movimentos mais diversos e que, além disso, ele não conseguia controlar. Se queria dobrar uma, ela era a primeira a se estender; se finalmente conseguia realizar o que queria com essa perna, então todas as outras, nesse meio-tempo, trabalhavam na mais intensa e dolorosa agitação, como se estivessem soltas. "Só não fique na cama desnecessariamente", disse Gregor a si mesmo.

Primeiro, quis sair da cama com a parte inferior do corpo; mas essa parte de baixo, que ele, aliás, ainda nem tinha visto e da qual não podia fazer uma ideia exata, provou ser difícil demais de mover; ela ia tão devagar; e quando, quase frenético, reunindo todas as suas forças e sem respeitar nada, se atirou para a frente, bateu com violência nos pés da cama,

A METAMORFOSE

pois tinha escolhido a direção errada; a dor ardida que sentiu ensinou-lhe que justamente a parte inferior do seu corpo era, no momento, talvez, a mais sensível de todas.

Ele tentou, portanto, tirar primeiro da cama a parte superior do corpo e virou cuidadosamente sua cabeça para a borda dela. Conseguiu isso com facilidade e, apesar da sua largura e do seu peso, a massa do corpo acompanhou devagar, finalmente, o virar da cabeça. Mas, quando ele enfim a manteve fora da cama, em pleno ar, ficou com medo de avançar mais desta maneira, pois se, por fim, a deixasse cair, seria preciso acontecer um milagre para que a cabeça não se ferisse. E ele não podia perder os sentidos de modo algum neste momento; preferia ficar na cama.

Contudo, quando se deitou ali novamente, suspirando depois do mesmo esforço de antes, e novamente viu suas perninhas lutando umas contra as outras, talvez ainda pior, sem encontrar nenhuma possibilidade de trazer paz e ordem a essa arbitrariedade, ele disse a si mesmo mais uma vez que não poderia ficar na cama e que era a coisa mais sensata sacrificar tudo se houvesse a mínima esperança de se libertar dela fazendo isso. Ao mesmo tempo, no entanto, ele não deixou de lembrar que uma reflexão calma e tranquila era muito melhor que resoluções desesperadas. Neste momento, focalizou seus olhos o mais nitidamente possível na janela, mas, infelizmente, havia pouca certeza ou alegria a ser colhida da vista da neblina da manhã que cobria até mesmo o outro lado da rua estreita. "Já são sete horas", disse a si mesmo quando o despertador tocou novamente, "já são sete horas e continua essa neblina". E, por um breve tempo, ficou ainda com uma respiração fraca, como se esperasse do silêncio completo o retorno das circunstâncias reais e ordinárias.

Mas então disse a si mesmo: "Antes das sete e quinze, devo ter saído completamente da cama. A propósito, alguém virá da empresa até aqui para perguntar por mim, porque a loja abrirá antes das sete." E agora começou a balançar todo o corpo uniformemente para fora da cama. Se ele se deixasse cair da cama dessa maneira, a cabeça, que ele estava prestes a erguer ao cair, provavelmente permaneceria ilesa. As costas pareciam duras; nada aconteceria se elas caíssem no tapete. A maior dúvida vinha da preocupação com o barulho que iria provocar e que provavelmente causaria, se não susto, pelo menos apreensão atrás de todas as portas. Mas era preciso correr esse risco.

A METAMORFOSE

Quando Gregor estava quase saindo da cama — o novo método era mais um jogo do que um esforço, só precisava se balançar com força —, pensou como tudo seria fácil se alguém viesse em seu auxílio. "Duas pessoas fortes" — ele pensou em seu pai e na empregada — teriam sido inteiramente suficientes; tudo o que precisavam fazer era deslizar os braços sob suas costas arqueadas, arrancá-lo da cama assim, abaixar-se com o fardo e, então, permitir que ele flutuasse com cuidado no chão, onde, esperançosamente, as perninhas teriam algum propósito. Bem, além do fato de que as portas estavam trancadas, ele realmente deveria pedir ajuda? Apesar de todas as dificuldades, ele não poderia reprimir um sorriso com este pensamento.

Já tinha chegado a tal ponto em que, com um balanço mais forte, quase não poderia manter o equilíbrio, tendo então de se decidir de uma vez, pois em cinco minutos seriam sete e quinze — quando tocou a campainha na porta da casa. "É alguém da empresa", disse a si mesmo, e quase congelou, enquanto suas perninhas dançavam ainda mais apressadamente. Por um momento tudo permaneceu em silêncio. "Não vão abrir", disse Gregor a si mesmo, preso a alguma esperança sem sentido. Mas então, é claro, como sempre, a empregada caminhou firmemente até a porta e a abriu. Gregor só precisava ouvir a primeira saudação do visitante e já sabia quem era — o gerente em pessoa. Por que é que apenas Gregor era condenado a servir numa empresa onde o menor descuido era imediatamente suspeito? Será que todos os empregados eram especialmente patifes; não havia entre eles um homem fiel e devoto que, embora não tivesse aproveitado algumas horas da manhã em prol da loja, tenha ficado louco de remorso e literalmente impossibilitado de abandonar a cama? Não seria realmente suficiente enviar um aprendiz para perguntar — isso se tal interrogatório fosse necessário? Será que o próprio gerente deveria vir e, assim, mostrar a toda a família inocente que a investigação deste assunto suspeito só poderia ser confiada ao senso do gerente? E, mais como resultado da excitação em que Gregor fora colocado por estas considerações do que como resultado de uma decisão correta, ele se balançou para fora da cama com toda a sua força. Houve uma pancada muito alta, mas não foi um estrondo de verdade. A queda foi um pouco enfraquecida pelo tapete, e as costas eram mais elásticas do que Gregor tinha pensado, daí o som abafado não tão perceptível. Só que ele não segurou a cabeça com cuidado

A METAMORFOSE

o suficiente e bateu com ela; virou-a e esfregou-a contra o tapete com raiva e dor.

— Caiu alguma coisa aí dentro — disse o gerente no quarto ao lado, à esquerda.

Gregor tentou imaginar se algo semelhante ao que acontecia com ele hoje poderia acontecer ao gerente; a possibilidade disso tinha que ser admitida. Mas, como se fosse uma rude resposta a essa pergunta, o gerente deu alguns passos definidos no quarto ao lado, fazendo suas botas de verniz rangerem. Do quarto ao lado, à direita, a irmã sussurrou a Gregor:

— Gregor, o gerente está aqui.

"Eu sei", disse Gregor a si mesmo; mas não se atreveu a levantar a voz tão alto de modo que sua irmã pudesse tê-lo ouvido.

— Gregor — disse o pai no quarto ao lado à esquerda —, o gerente veio e perguntou por que você não pegou o trem mais cedo. Não sabemos o que dizer a ele. A propósito, ele também quer falar com você pessoalmente. Por favor, abra a porta. Ele fará a gentileza de desculpar a bagunça no quarto.

— Bom dia, Sr. Samsa — o gerente intrometeu-se em um tom amigável.

— Ele não está bem — disse a mãe ao gerente, enquanto o pai ainda estava falando na porta —, ele não está bem, acredite em mim, senhor gerente. De que outra forma Gregor perderia um trem? O rapaz só pensa na empresa. Eu quase me irrito por ele nunca sair à noite; agora ele está oito dias na cidade, mas todas as noites ele permaneceu em casa. Fica sentado à mesa conosco e lê em silêncio o jornal ou estuda horários de viagem. É uma distração para ele ocupar-se com carpintaria. Ao longo de duas ou três noites, por exemplo, ele esculpiu uma pequena moldura; o senhor vai se surpreender com o quão bonita ela é; está pendurada na sala; o senhor vai vê-la assim que Gregor abrir. A propósito, estou feliz pelo senhor estar aqui, senhor gerente; nós sozinhos não teríamos feito Gregor abrir a porta. Ele é tão persistente, e certamente não está bem, embora tenha negado isso pela manhã.

— Eu já vou — disse Gregor, lenta e deliberadamente, sem se mexer para não perder uma palavra da conversa.

— Eu não poderia pensar de outra maneira, senhora — disse o procurador. — Espero que não seja nada sério. Por outro lado, devo dizer que nós, pessoas de negócios, infelizmente ou felizmente, muitas vezes temos simplesmente de superar um ligeiro mal-estar em consideração à empresa.

— O senhor gerente pode, então, entrar no seu quarto? — o pai perguntou impaciente, batendo de novo à porta.

A METAMORFOSE

— Não — disse Gregor. No quarto ao lado, à esquerda, havia um silêncio constrangedor; no quarto ao lado, à direita, a irmã começou a chorar.

Por que a irmã não foi se juntar aos outros? Ela tinha acabado de sair da cama e ainda nem tinha começado a se vestir. E por que ela estava chorando? Seria porque ele não se levantou e não deixou o gerente entrar, porque ele corria o perigo de perder o emprego, e porque então o chefe iria novamente perseguir os pais com as antigas exigências? Estas eram, provavelmente, preocupações desnecessárias por enquanto. Gregor ainda estava aqui e não pensava em deixar sua família. Por um momento, ele estava deitado no tapete, e ninguém que soubesse de sua condição lhe teria pedido seriamente que deixasse o gerente entrar. Mas, por conta dessa pequena falta de educação, para a qual uma desculpa adequada seria encontrada mais tarde com facilidade, Gregor não poderia ser mandado embora de imediato. E parecia a Gregor que seria muito mais sensato deixá-lo sozinho agora do que perturbá-lo com choro e persuasão. Mas foi precisamente a incerteza que afligiu os outros e desculpou o seu comportamento.

FRANZ KAFKA

— Senhor Samsa — gritou o gerente em voz alta —, o que está acontecendo? O senhor se barricou em seu quarto, respondeu apenas "sim" e "não", perturba muito seus pais com preocupações desnecessárias e, isto apenas falando por cima, negligencia seus deveres comerciais de uma maneira realmente inédita. Falo aqui em nome dos seus pais e do seu chefe, e peço-lhe encarecidamente uma explicação imediata e clara. Estou espantado, estou espantado. Achei que o conhecia como uma pessoa calma e sensata, e agora, de repente, o senhor parece querer começar a apresentar caprichos estranhos. O chefe deu-me esta manhã uma possível explicação para a sua omissão, que dizia respeito à cobrança de dívidas que recentemente lhe foi confiada, mas quase dei a minha palavra de honra de que esta explicação não podia estar certa. No entanto, agora vejo sua teimosia incompreensível e perco completamente qualquer desejo de fazer qualquer coisa pelo senhor. E o seu emprego não é de forma alguma o mais seguro. Inicialmente eu tinha a intenção de lhe dizer tudo isso a sós, mas, uma vez que o senhor me faz perder o meu tempo inutilmente aqui, não sei por que os senhores seus pais não devam também ficar sabendo. Nos últimos tempos, seu rendimento tem sido muito insatisfatório; de

A METAMORFOSE

fato, não é época de fazer negócios excepcionais, isso nós reconhecemos; porém não existe época para não fazer negócio algum, senhor Samsa, não pode existir.

— Mas, senhor gerente — gritou Gregor fora de si, esquecendo-se de todo o resto na afobação —, vou abrir imediatamente, num instantinho. Um ligeiro mal-estar, um ataque de tonturas, impediu que eu levantasse. Ainda estou deitado na cama. Entretanto agora me sinto bem-disposto de novo. Estou saindo da cama. Só um momento de paciência! Não está indo tão bem quanto pensei. Mas estou bem. Como algo assim pode acontecer a um ser humano? Ainda ontem à noite eu estava muito bem, os meus pais sabem disso, ou melhor, já ontem à noite eu tive uma pequena premonição. Deviam ter visto isso em mim. Por que eu não comuniquei à empresa? Mas a gente sempre pensa que vai superar a doença sem ficar em casa. Senhor gerente! Poupe os meus pais! Não há motivo para todas as acusações que o senhor me faz agora; também não me disseram uma palavra a esse respeito. Talvez o senhor não tenha lido os últimos pedidos que eu enviei. Aliás, ainda vou viajar no trem das oito, as poucas horas de repouso me fortaleceram. Não se prenda aqui, senhor

FRANZ KAFKA

gerente. Estarei na empresa em um minuto, e o senhor tenha a gentileza de dizer isso e me recomendar ao chefe!

E, enquanto Gregor colocou tudo isso para fora de maneira apressada, mal sabendo o que falava, ele tinha facilmente se aproximado do armário, talvez como resultado da prática já adquirida na cama, e estava agora tentando levantar-se com um apoio. Realmente queria abrir a porta, de verdade, queria deixar-se ver e falar com o gerente; estava ansioso para descobrir o que os outros, que agora eram tão exigentes com ele, diriam ao vê-lo. Caso eles se assustassem, então Gregor já não teria qualquer responsabilidade e poderia tranquilizar-se. Mas, se aceitassem tudo com tranquilidade, então não teria motivo para ficar agoniado e poderia, caso se apressasse, de fato estar na estação de trem às oito. Num primeiro momento, ele escorregou algumas vezes do armário liso, mas, finalmente, deu um último impulso e ali ficou em pé; mal prestava atenção à dor no abdômen, por mais que ardesse. Agora ele se inclinou contra a parte de trás de uma cadeira próxima, nas bordas nas quais se segurou com suas perninhas. Mas com isso ele também tinha retomado o controle sobre si mesmo e se calou, porque agora podia ouvir o gerente.

A METAMORFOSE

— Os senhores entenderam alguma palavra? — perguntou o gerente aos pais. — Ele não está mesmo nos fazendo de bobos?

— Pelo amor de Deus — gritou a mãe às lágrimas —, talvez ele esteja gravemente doente, e nós o estamos atormentando. — Grete! Grete! — gritou em seguida.

— Mãe? — chamou a irmã, do outro lado. Elas se comunicavam através do quarto de Gregor.

— Você tem de ir imediatamente ao médico. Gregor está doente. Depressa para o médico. Você ouviu Gregor falando agora?

— Era uma voz de animal — disse o gerente, espantosamente calmo diante dos gritos da mãe.

— Anna! Anna! — chamou o pai, passando da antessala à cozinha e batendo palmas. — Vá buscar um serralheiro, agora!

E logo as duas moças passaram com as saias farfalhando pela antessala — como a irmã se vestiu tão rapidamente? — e abriram a porta do apartamento com toda força. Não se ouviu a porta bater; com certeza a deixaram aberta, como se costuma fazer em apartamentos onde aconteceu uma grande desgraça.

27

FRANZ KAFKA

Gregor, no entanto, estava muito mais tranquilo. É verdade que já não se compreendiam as suas palavras, embora lhe parecessem suficientemente claras, mais claras do que antes, talvez por seus ouvidos estarem se acostumando. Mas, pelo menos, já acreditavam que não estava tudo bem com ele e estavam prontos para ajudá-lo. A confiança e a certeza com que as primeiras providências foram tomadas lhe fizeram bem. Ele se sentiu novamente incluído no círculo humano e esperava de ambos, do médico e do serralheiro, sem os diferenciar exatamente, desempenhos grandiosos e surpreendentes. A fim de obter uma voz tão clara quanto possível para as próximas conversas decisivas, ele tossiu um pouco, mas tentou fazê-lo de modo bastante abafado, posto que talvez este ruído já soasse diferente de uma tosse humana, o que ele não se atrevia mais a descobrir por conta própria. No quarto ao lado, a esta altura, já estava tudo muito quieto. Talvez os pais estivessem sentados à mesa com o gerente a sussurrar, talvez todos estivessem encostados à porta e a ouvir.

Gregor arrastou-se devagar com a cadeira até a porta, soltou-a quando chegou, jogou-se contra a porta, mantendo-se em pé recostado nela — a ponta de suas perninhas tinha um pouco de alguma coisa grudenta —, e ficou ali,

A METAMORFOSE

descansando do esforço por um momento. Contudo, então, ele começou a virar a chave na fechadura com a boca. Parecia, infelizmente, que ele não tinha dentes verdadeiros — com o que ele deveria segurar a chave agora? —, mas para isso, é claro, as mandíbulas eram muito fortes; com a ajuda delas, ele também realmente colocou a chave em movimento e não prestou atenção ao fato de que ele, sem dúvida, estava causando algum dano em si próprio, porque um líquido marrom saiu de sua boca, escorreu sobre a chave e pingou no chão.

— Ouçam! — disse o gerente no quarto ao lado. — Ele virou a chave.

Isso foi um grande encorajamento para Gregor; mas todos tinham de apoiá-lo, inclusive o pai e a mãe: "Força, Gregor", deveriam ter gritado, "vamos em frente, vamos com essa fechadura!". E, com a ideia de que todos acompanhavam com aflição seus esforços, ensandecido, mordeu a chave com toda a força que tinha. Acompanhando o giro da chave, ele a rodou na fechadura; agora só se mantinha em pé com a sua boca, e quando necessário, pendurava-se na chave ou a pressionava de novo para baixo com todo o peso do corpo. O som mais claro da fechadura, que por fim estalou e se abriu, despertou

Gregor de verdade. Ele disse a si mesmo, respirando fundo: "Bem, não precisei do serralheiro", e colocou a cabeça sobre a fechadura para abrir a porta por completo.

Uma vez que ele teve de abrir a porta dessa forma, ela já estava bastante aberta, e ele mesmo ainda não poderia ser visto. Precisou primeiro contornar lentamente uma das folhas da porta dupla, com muito cuidado mesmo, para não despencar de uma vez, desajeitadamente de costas, na entrada do quarto. Ele ainda se ocupava com aquele movimento difícil, sem tempo para prestar atenção em nada, quando ouviu o gerente soltar um alto "Ó!" — que soou como quando o vento zune —, e então ele o viu também, como era o mais próximo da porta, pressionando a mão sobre a boca aberta e recuando com vagar, como se uma força invisível, agindo continuamente, o empurrasse. A mãe — apesar da presença do gerente, ela estava ali em pé, com os cabelos ainda desgrenhados pela noite, espetados para o alto — olhou primeiro para o pai com os dedos entrelaçados, deu então dois passos na direção de Gregor e despencou no meio das saias que se espalhavam ao seu redor, o rosto completamente encoberto, afundado no peito. O pai apertou o punho com uma expressão hostil, como se quisesse empurrar Gregor de

A METAMORFOSE

volta para o seu quarto, então olhou em torno da sala de estar de forma incerta, depois cobriu os olhos com as mãos e chorou tanto que fez sacudir seu poderoso peitoral.

Gregor não entrou na sala, mas inclinou-se contra a porta trancada por dentro, de tal forma que apenas metade de seu corpo poderia ser visto, e acima dele a cabeça inclinada para o lado, com a qual ele estava espiando os outros. Nesse meio-tempo, havia clareado bastante; do outro lado da rua, ficava o recorte cinza-escuro e infinitamente longo do prédio à frente — era um hospital —, com as janelas regulares que rompiam duramente a fachada; a chuva ainda caía, mas apenas com gotas grandes e individualmente visíveis, lançadas exatamente uma a uma sobre a terra. Havia uma enorme quantidade de louças do café da manhã sobre a mesa, pois, para o pai, o café da manhã era a refeição mais importante do dia, na qual ele passava horas com a leitura de diversos jornais. Bem na parede à frente, estava pendurada uma fotografia de Gregor em seu tempo de serviço militar, como tenente, a mão na espada, sorrindo de forma casual, exigindo respeito por sua postura e seu uniforme. A porta da antessala estava aberta, e se viam, pois a porta do apartamento também estava aberta, o *hall* de entrada da casa e o início da escada que levava até o andar de baixo.

— Bem — disse Gregor, ciente de que era o único que mantivera a tranquilidade —, vou me vestir agora mesmo, arrumar o mostruário na mala e partir. Vocês vão me deixar partir, não vão? Bem, senhor gerente, como vê, não sou teimoso e trabalho com gosto; viajar é cansativo, mas não conseguiria viver sem viajar. Aonde o senhor vai, senhor gerente? À empresa? Sim? O senhor vai relatar tudo com veracidade? Por ora, é possível que eu não consiga trabalhar, mas esse é o momento certo para que as antigas realizações sejam lembradas, além de considerar que, mais tarde, após a remoção do obstáculo, certamente trabalharei de forma mais diligente e concentrada. Estou muito endividado com o chefe, o senhor sabe muito bem disso. Por outro lado, estou preocupado com os meus pais e a minha irmã. Estou apertado, mas vou arrumar um jeito de sair desta situação. No entanto, o senhor não dificulte as coisas mais do que já estão difíceis para mim. Tome meu partido na empresa! Eu sei que ninguém adora o caixeiro-viajante. Pensam que ganha uma fortuna e tem uma boa vida. Não há, na verdade, nenhuma ocasião particular para refletir melhor sobre

A METAMORFOSE

esse preconceito. Mas o senhor, senhor gerente, o senhor tem uma visão geral melhor das condições do que os outros funcionários, e até, para ser mais confidencial, uma visão melhor do que o próprio chefe, que, na sua qualidade de empresário, pode facilmente ser enganado no seu julgamento em detrimento de um empregado. O senhor também sabe muito bem que o caixeiro-viajante, que fica quase o ano todo fora da empresa, facilmente se torna vítima de boataria, eventualidades e queixas infundadas, contra as quais é totalmente incapaz de se defender, já que em geral ele não sabe de absolutamente nada e apenas quando está em casa, exausto, após encerrar uma viagem, sente no próprio corpo as terríveis consequências, cuja causa não é mais possível de ser traçada. Senhor gerente, não vá embora sem dizer uma palavra que me mostre que o senhor me dá ao menos uma pequena parcela de razão!

O gerente, porém, havia se virado já nas primeiras palavras de Gregor e o olhava apenas por sobre os ombros trêmulos, com lábios abertos na direção dele. E, durante o discurso de Gregor, ele não ficou parado nem por um momento, mas, sem tirar os olhos de Gregor, afastou-se em direção à porta, muito vagarosamente, como se existisse uma proibição secreta de sair da sala. Já estava na antessala e, a julgar pelo movimento súbito com que havia puxado o pé para fora da sala de estar pela última vez, era de pensar que ele houvesse acabado de queimar a sola do pé. Na antessala, no entanto, esticou a mão direita na direção das escadas, como se lá uma salvação realmente sobrenatural o esperasse.

Gregor percebeu que não podia, sob hipótese alguma, deixar que o gerente fosse embora nesse estado de espírito, pois isso faria seu cargo na empresa correr um enorme perigo. Os pais não entendiam muito bem nada daquilo; eles tinham, no decorrer desses longos anos, se convencido de que Gregor estava garantido para o resto da vida nessa empresa e, além disso, tinham tanto a fazer com as preocupações momentâneas que lhes escapava qualquer visão do futuro. Mas havia em Gregor essa visão do futuro. O gerente tinha que ser detido, acalmado, convencido e finalmente conquistado; o futuro de Gregor e de sua família dependia disso! Se ao menos a irmã estivesse aqui! Era esperta; já havia chorado enquanto Gregor estava tranquilamente deitado de costas. E certamente o gerente, amigo das damas, teria se deixado distrair por ela; ela teria fechado a porta do apartamento e desfeito seu susto na antessala. Mas a irmã não estava lá, o

A METAMORFOSE

próprio Gregor teve de agir. E sem pensar que, por ora, ele ainda não conhecia suas atuais capacidades de se movimentar, sem sequer pensar que era possível — até provável — que seu discurso não fora mais uma vez compreendido, ele deixou a folha da porta; arrastou-se através da abertura; quis ir até o gerente, que segurava firmemente o corrimão do vestíbulo com as duas mãos de forma ridícula; mas Gregor, procurando apoio e soltando um gritinho, caiu de imediato sobre suas muitas perninhas. Assim que isso aconteceu, sentiu pela primeira vez naquela manhã um bem-estar físico; as perninhas tinham chão firme embaixo delas; obedeciam perfeitamente, como, para sua alegria, pôde perceber; até aspiravam levá-lo aonde quisesse; e ele já acreditava que a melhora definitiva de todo o sofrimento era iminente. Contudo, no mesmo instante, enquanto se balançava no chão com um movimento contido, não muito longe de sua mãe, mas bem diante dela, que parecia completamente ensimesmada, viu-a pular de uma só vez para o alto, de braços abertos, dedos estendidos, gritando:

— Socorro, pelo amor de Deus, socorro! — Ela manteve a cabeça abaixada, como se quisesse ver Gregor melhor, mas, contrariando esse gesto, recuava de um jeito absurdo;

havia esquecido que a mesa posta estava atrás dela; sentou-se sobre ela quando a alcançou, distraída, e pareceu não notar que, ao seu lado, o grande jarro virado derramava uma corredeira de café sobre o tapete.

— Mãe, mãe — disse Gregor calmamente, e olhou para ela de baixo para cima. Por um momento, o gerente caiu em completo esquecimento para ele; por outro lado, não pôde se conter com a visão do café que escorria e estalou as mandíbulas no vazio várias vezes. Com isso, a mãe gritou de novo, fugiu da mesa e caiu nos braços do pai, que corria ao encontro dela. Mas agora Gregor não tinha tempo para os seus pais; o gerente já estava na escadaria; com o queixo no corrimão, ele olhou pela última vez para trás. Gregor tomou um impulso para alcançá-lo da forma mais certeira possível; o gerente deve ter suspeitado de algo, pois saltou vários degraus e desapareceu; mas ainda gritou um "Ai!" — que ressoou pela escadaria toda. Infelizmente, a fuga do gerente também pareceu desesperar por completo o pai, que até então havia se mantido relativamente calmo, visto que, em vez de ele mesmo correr atrás do gerente ou, ao menos, não impedir Gregor em sua perseguição, agarrou com a mão direita a bengala do gerente, que deixara para trás

A METAMORFOSE

com o chapéu e o sobretudo em uma poltrona, puxou com a esquerda um grande jornal da mesa e se pôs, com batidas de pé, a enxotar Gregor de volta para o quarto, brandindo a bengala e o jornal. Nenhum pedido de Gregor adiantou, nenhum pedido também foi compreendido, não importava o quão humildemente ele virava a cabeça, o pai apenas batia os pés cada vez mais forte. Do outro lado, apesar do tempo frio, a mãe havia escancarado uma janela e, inclinada para fora, bem distante da vidraça, apertava o próprio rosto com as mãos. Entre a viela e a escadaria, surgiu uma forte corrente de ar, as cortinas da janela voaram, jornais farfalharam sobre a mesa, folhas soltas agitavam-se pelo chão. Inflexível, o pai pressionava e sibilava como um selvagem. Gregor, no entanto, não tinha nenhuma prática em andar para trás, era realmente muito lento. Se pudesse ao menos se virar, logo estaria em seu quarto, mas tinha medo de aborrecer o pai com o giro vagaroso, que, com a begala na mão, a todo momento o ameaçava com um golpe fatal nas costas ou na cabeça. Finalmente, no entanto, Gregor não teve escolha a não ser fazê-lo, pois ele percebeu com horror que nem mesmo sabia como manter a direção ao andar para trás; e assim, com incessantes olhares ansiosos para seu pai, ele começou a se mover o mais rápido possível, o que, na realidade, era muito lento. Talvez o pai tenha notado sua boa vontade, porque não apenas não o incomodou, como, vez ou outra, até mesmo conduziu sua rotação de longe com a ponta da bengala. Se não fosse por este insuportável assobio do pai!... Gregor estava perdendo completamente a cabeça por causa disto. Já havia dado quase toda a volta quando, ouvindo sempre aquele chiado, enganou-se e voltou um pouco para a posição anterior. Mas quando ele estava finalmente feliz com a cabeça diante da abertura da porta, viu que o seu corpo era largo demais para simplesmente passar por ali. O pai, claro, no seu estado atual, também não se lembrou nem remotamente de, por exemplo, abrir a outra parte da porta para oferecer passagem suficiente a Gregor. Sua ideia fixa era simplesmente que Gregor tinha de ir para seu quarto o mais rápido possível. Ele nunca teria permitido os preparativos complicados dos quais Gregor precisava para se levantar e, talvez dessa forma, passar pela porta. Em vez disso, como se não houvesse obstáculo, ele empurrou Gregor para a frente, agora com um barulho peculiar; aquilo já não soava mais como a voz apenas de um pai atrás de Gregor; agora realmente não havia mais brincadeira. Gregor impeliu-se — independentemente

A METAMORFOSE

do que acontecesse — porta adentro. Um lado de seu corpo ergueu-se, ele ficou inclinado na abertura da porta, um lado seu estava completamente esfolado, manchas odiosas permaneceram na porta branca; logo ele ficou preso e já não podia mais se mover sozinho, as perninhas de um lado pendiam tremelicando no ar, as do outro lado estavam pressionadas contra o chão de forma dolorosa — então o pai lhe deu uma pancada por trás muito forte e libertadora, e ele voou longe, sangrando profusamente, para dentro de seu quarto. A porta ainda foi batida com a bengala, e, enfim, houve silêncio.

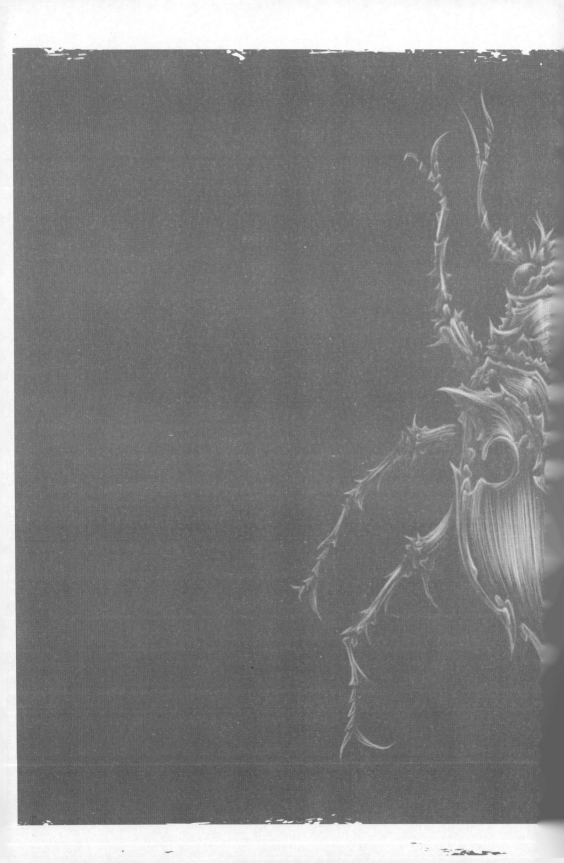

Só ao anoitecer é que Gregor acordou do seu sono pesado como um desmaio. Ele certamente não teria acordado muito mais tarde sem perturbação, pois se sentiu suficientemente descansado, mas pareceu-lhe que passos fugitivos e o cerrar cuidadoso da porta que levava à antessala o haviam despertado. O brilho dos postes elétricos de rua era pálido, refletindo aqui e ali no teto e nas partes mais altas da mobília, mas embaixo, onde Gregor permanecia, estava escuro. Lentamente ele se empurrou, ainda sem jeito, apalpando com suas antenas, que ele só agora aprendeu a apreciar, em direção à porta para ver o que tinha acontecido lá. O seu lado esquerdo parecia ser uma única cicatriz longa e desagradável, e ele teve de mancar sobre as duas fileiras de pernas. A propósito, uma perninha tinha sido gravemente ferida durante os incidentes da manhã — era quase um milagre que apenas uma tivesse sido ferida — e se arrastava sem vida.

Foi apenas na porta que ele percebeu o que realmente tinha o atraído ali: era o cheiro de algo comestível. Lá estava uma tigela cheia com leite doce, na qual nadavam pedacinhos de pão branco. Ele quase riu com alegria, pois estava ainda mais faminto do que de manhã, e imediatamente mergulhou sua cabeça no leite até quase cobrir seus olhos. Mas, logo em seguida, ele recuou de novo, decepcionado; não apenas a comida lhe trazia dificuldades em virtude de seu lado esquerdo sensível — conseguia comer apenas se o corpo todo, resfolegante, colaborasse —, mas também o leite, que antes era sua bebida preferida (e por isso a irmã certamente o tinha colocado ali para ele), não lhe agradava em nada; assim, ele se afastou quase com nojo da tigela e se arrastou de volta para o meio do quarto.

Na sala de estar, como Gregor viu através da fresta na porta, o gás foi aceso; normalmente o pai costumava, naquele

A METAMORFOSE

momento do dia, ler em voz alta o jornal que circulava à tarde para a mãe, e, uma vez ou outra, também para a irmã, mas não se ouvia nenhum ruído. Talvez agora esta leitura em voz alta, sobre a qual a irmã sempre lhe dizia e lhe escrevia, tivesse saído recentemente dos hábitos. Porém estava tudo tão calmo, apesar de o apartamento não estar vazio. "Que vida tranquila a família levava", disse Gregor a si mesmo, e sentiu, enquanto encarava a escuridão diante de si, grande orgulho por ter proporcionado aos pais e à irmã tal vida em um apartamento tão bonito. Mas como seria, se agora toda a tranquilidade, todo o bem-estar, toda a satisfação tivessem de chegar ao fim de um modo apavorante? Para não se perder em tais pensamentos, Gregor preferiu se mover e rastejar para cima e para baixo no quarto.

Uma vez, durante a longa noite, uma das portas laterais se abriu um pouco, e depois outra, formando uma pequena fresta, e rapidamente voltaram a se fechar; alguém tinha mesmo a necessidade de entrar ali, mas, ao mesmo tempo, muitas hesitações. Gregor ficou parado bem diante da porta que dava para a sala de estar, decidido a trazer o visitante indeciso de alguma forma para dentro ou ao menos descobrir quem seria; mas a porta não foi mais aberta e Gregor esperou em vão. No início, quando as portas estavam trancadas, todos queriam entrar para vê-lo, agora que ele tinha aberto uma porta e as outras tinham aparentemente sido abertas durante o dia, ninguém mais veio, e as chaves estavam do lado de fora.

A luz da sala de estar foi apagada só tarde da noite, e então foi fácil constatar que os pais e a irmã permaneceram acordados até aquela hora, pois, tal como se podia ouvir com exatidão, os três estavam se afastando na ponta dos pés. É claro que, naquele momento, ninguém viria para ver Gregor até a manhã; então ele teve um longo tempo para pensar, sem intromissões, sobre como deveria reorganizar sua vida agora. Porém o quarto vazio no qual ele foi obrigado a ficar estatelado no chão o angustiava, sem que pudesse descobrir a causa, pois era o quarto habitado por ele já havia cinco anos — e com uma virada semi-inconsciente, e não sem um tanto de vergonha, correu para baixo do sofá, onde, apesar de ficar com as costas um pouco comprimidas e de não poder mais erguer a cabeça, sentiu-se bem acomodado, lamentando apenas que seu corpo fosse largo demais para ficar protegido por completo embaixo daquele móvel.

A METAMORFOSE

Ali permaneceu a noite toda, que em parte passou em meia sonolência, da qual era desperto no susto pela fome, mas em parte envolvido em preocupações e esperanças indistintas que o levaram à decisão de que, por enquanto, precisava se comportar com tranquilidade e, com paciência e máxima consideração pela família, tornar suportáveis as inconveniências que ele, em seu estado atual, era forçado a lhes causar.

De manhã cedo, ainda era quase noite, Gregor teve a oportunidade de testar a força de suas decisões recém-tomadas, porque na antessala a irmã, quase completamente vestida, abriu a porta e olhou para dentro com entusiasmo. Ela não o encontrou logo, mas, quando o percebeu debaixo do sofá — meu Deus, ele precisava estar em algum lugar, não pode ter saído voando —, ela se apavorou tanto que, sem conseguir se controlar, voltou a fechar a porta com tudo. Mas, como se houvesse um arrependimento de seu comportamento, imediatamente abriu a porta de novo e entrou na ponta dos pés, como se estivesse com uma pessoa gravemente doente ou até mesmo com um estranho. Gregor tinha esticado a cabeça perto da borda do sofá e a observava. Será que ela perceberia que ele havia deixado o leite intocado, o que de modo algum era por falta de fome, e será que ela traria outro alimento que lhe serviria melhor? Se ela não o fizesse por conta própria, ele preferiria morrer de fome a chamar sua atenção para isso, mesmo que o fato o fizesse sentir uma vontade enorme de sair em disparada de baixo do sofá, atirar-se aos pés da irmã e pedir-lhe algo bom para comer. Mas a irmã imediatamente percebeu com espanto a tigela ainda cheia, da qual apenas um pouco de leite estava derramado ao redor; ela a pegou imediatamente, não com suas próprias mãos, mas com um trapo, e a levou para fora. Gregor ficou extremamente curioso a respeito do que ela traria para substituir e se entregou aos mais diversos pensamentos. Porém ele nunca poderia ter adivinhado o que a irmã realmente fez em sua bondade. Para testar seu paladar, ela trouxe uma variedade de coisas, espalhando tudo sobre um velho jornal. Havia vegetais velhos e meio podres; ossos da refeição da noite, rodeados de molho branco que tinha solidificado; algumas passas e amêndoas; um queijo que Gregor havia declarado não comestível havia dois dias; um pão seco, um pão com manteiga e sal. Além disso, deixou, com tudo aquilo, a tigela, provavelmente destinada a Gregor, na qual havia despejado a água toda de uma vez. E, por ternura, sabendo que Gregor não comeria na frente

A METAMORFOSE

dela, apressadamente se afastou e até virou a chave, para que Gregor percebesse que podia ficar tão à vontade quanto quisesse. As perninhas de Gregor zumbiram quando ele foi comer. A propósito, as suas feridas já deviam estar completamente curadas, já não sentia qualquer deficiência; ele ficou espantado com isso e pensou no cortezinho que fizera no dedo com uma faca, havia mais de um mês, e em como esse ferimento ainda lhe causava bastante dor até dois dias atrás. "Será que agora tenho menos sensibilidade?", pensou, e logo estava sugando com avidez o queijo, ao qual havia sido imediata e enfaticamente atraído antes de todos os outros alimentos. Em uma sequência veloz e com olhos lacrimejando de satisfação, devorou o queijo, os legumes e o molho; os pratos frescos, por sua vez, não lhe davam apetite, ele mal conseguia suportar seu cheiro e até arrastou um tantinho para longe as coisas que queria comer. Já tinha terminado tudo há muito tempo e agora estava deitado preguiçosamente no mesmo lugar, quando a irmã lentamente virou a chave como um sinal de que ele deveria recuar. Isso o assustou de imediato, mesmo que estivesse quase dormindo, e ele correu sob o sofá novamente. Mas custou-lhe um grande autocontrole, mesmo ao longo do curto período de tempo durante o qual a irmã estava no quarto, ficar debaixo do sofá, pois seu corpo havia se arredondado um pouco por causa da comida abundante e ali, naquela estreiteza, ele mal conseguia respirar. Sob pequenos ataques de sufocamento, ele assistia com olhos esbugalhados enquanto a irmã desavisada varria não apenas os restos com uma vassoura, mas até mesmo a comida que Gregor não havia tocado, como se estas também não fossem mais utilizáveis, e como ela apressadamente varreu tudo para dentro, despejou tudo num balde, que fechou com uma tampa de madeira, com o qual carregou tudo para fora. Assim que ela se virou, Gregor saiu de baixo do sofá e se esticou e se encheu de ar.

Desta forma, Gregor recebia sua comida todos os dias, uma vez de manhã, quando os pais e a empregada ainda estavam dormindo, a segunda vez depois do almoço, porque então os pais também dormiam por um tempo, e a empregada era despachada pela irmã com algum afazer. Certamente eles não queriam que Gregor morresse de fome, mas talvez não pudessem suportar descobrir mais sobre sua refeição além daquilo que ouviam; talvez a irmã apenas quisesse poupar-lhes um pouco de dor, porque, na verdade, eles já estavam sofrendo o suficiente.

A METAMORFOSE

Com que desculpas o médico e o chaveiro tinham sido levados para fora do apartamento, naquela primeira manhã, Gregor não podia saber, pois, como ele não era compreendido, ninguém pensava, nem mesmo a irmã, que ele poderia entender os outros, e então, quando a irmã estava em seu quarto, precisava se contentar apenas em ouvir aqui e ali seus suspiros e suas súplicas aos santos. Apenas mais tarde, quando ela se acostumara um pouco àquilo tudo — é claro que nunca esteve em questão se acostumar completamente —, Gregor às vezes escutava uma observação amistosa ou que assim podia ser interpretada.

— Mas hoje ele gostou da comida — dizia ela quando Gregor devorava toda a refeição com entusiasmo, enquanto, na situação oposta, que aos poucos se repetia com frequência crescente, costumava dizer, quase com tristeza:

— Agora deixou tudo de novo.

Embora Gregor não conseguisse nenhuma notícia imediatamente, ele ouviu algumas coisas no quarto ao lado, e sempre que mal começava a escutar vozes, corria direto para a porta em questão e pressionava-se contra ela com todo o corpo. Especialmente nos primeiros dias, não havia conversa que não fosse, de alguma forma, sobre ele, mesmo que apenas em segredo. Durante dois dias, foi possível ouvir, em todas as refeições, aconselhamentos sobre como deveriam se portar agora, mas também entre as refeições se falava sobre o mesmo tema, pois sempre havia em casa ao menos dois membros da família; ninguém queria mesmo ficar em casa sozinho e, em nenhuma circunstância, poderiam deixar o apartamento sem ninguém. Além disso, já no primeiro dia, a empregada — não estava totalmente claro o que e o quanto ela sabia do acontecido — pediu de joelhos à mãe para dispensá-la de imediato e, quando se despediu, quinze minutos mais tarde, agradeceu pela demissão entre lágrimas, como se fosse o maior presente que ali lhe haviam concedido, e prestou, sem que ninguém lhe exigisse, um juramento solene de não revelar absolutamente nada, nem mesmo o menor detalhe, a ninguém.

Agora a irmã tinha que cozinhar com a mãe; no entanto, isso não exigia tanto esforço, pois quase não se comia nada. Constantemente, Gregor ouvia um deles pedir ao outro para comer, em vão, e não receber nenhuma outra resposta senão um "agradeço, já comi" ou coisa parecida. Talvez também não bebessem nada. A irmã costumava perguntar ao pai se ele queria uma cerveja e com carinho se oferecia

A METAMORFOSE

para buscá-la; quando o pai se calava, dizia a ele que não se preocupasse, pois poderia também pedir à zeladora que a providenciasse, mas o pai dizia por fim um grande "não", e não se falava mais no assunto.

Já no decorrer do primeiro dia, o pai explicou toda a situação financeira e as perspectivas, tanto para a mãe quanto para a irmã. De vez em quando, ele se levantava da mesa e pegava algum tipo de recibo ou caderno de sua pequena caixa registradora que salvara da falência de seu negócio de cinco anos atrás. Podia-se ouvi-lo destrancando a complicada fechadura e trancando-a novamente depois de tirar o que estava procurando. Estas explicações do pai foram, em parte, a primeira coisa gratificante que Gregor ouviu desde o seu cativeiro. Ele tinha a opinião de que o pai não tinha mais nada desse negócio, pelo menos o pai não lhe tinha dito nada em contrário, e, de qualquer forma, Gregor também não havia perguntado. Na época, a única preocupação de Gregor era fazer todo o possível para que a família esquecesse o mais rápido que pudesse o infortúnio nos negócios que havia levado todos a um desespero total. E então ele começou a trabalhar com uma paixão muito especial e, quase da noite para o dia, transformou-se de um pequeno escriturário

FRANZ KAFKA

em um viajante, que, claro, tinha maneiras completamente diferentes de ganhar dinheiro, e cujos sucessos de trabalho imediatamente se transformaram em dinheiro vivo na forma de comissão, que podia ser posta à mesa em casa para a família surpresa e maravilhada. Tinham sido bons tempos e nunca mais se repetiram, pelo menos neste esplendor, embora Gregor mais tarde tenha ganhado tanto dinheiro que poderia arcar com as despesas de toda a família, e arcou com elas. Isso se tornou um costume tanto para a família quanto para Gregor: aceitava-se o dinheiro com gratidão, ele o dava com prazer, mas disso não resultava mais nenhum entusiasmo excepcional. Apenas a irmã permaneceu próxima de Gregor, e seu plano secreto era que ela (a qual, ao contrário de Gregor, gostava muito de música e sabia tocar violino) fosse enviada ao conservatório no ano seguinte, sem considerar os altos custos que poderia ter e que seriam recuperados de outra forma. Durante as breves estadas de Gregor na cidade, o conservatório foi citado nas conversas com sua irmã, mas sempre apenas como um lindo sonho que não poderia ser realizado, e seus pais nem sequer gostavam de ouvir essas menções inocentes, mas Gregor pensava

A METAMORFOSE

nisso de forma muito determinada e pretendia anunciar seu intuito solenemente na noite de Natal.

Esses pensamentos, que eram completamente inúteis em sua condição atual, passaram por sua cabeça enquanto ele estava lá, grudado na porta e ouvindo. Às vezes, não conseguia mais ouvir por causa do cansaço generalizado e deixava sua cabeça bater descuidadamente contra a porta, mas a segurava com força de novo imediatamente, porque até mesmo o pequeno barulho que ele fizesse com ela seria ouvido na porta ao lado e silenciaria a todos.

— O que ele está aprontando de novo? — perguntava o pai depois de um momento, claramente voltado à porta, e somente então, aos poucos, a conversa interrompida era retomada.

Gregor então soube com prazer — pois o pai costumava repetir com frequência em suas explicações, em parte porque ele mesmo não se ocupava com tais coisas havia muito tempo, em parte também porque a mãe não entendia tudo da primeira vez — que, apesar de toda a atribulação, ainda estava disponível uma reserva bem pequena dos velhos tempos, que havia crescido um pouco em virtude dos juros intocados nesse meio-tempo. Além disso, o dinheiro que

Gregor trazia para casa todos os meses — mantinha apenas alguns florins para si — não tinha sido totalmente usado e havia se acumulado em uma pequena quantia. Gregor, atrás de sua porta, acenou com a cabeça com entusiamo, feliz com a cautela e a economia inesperadas. Na verdade, poderia ter pagado com esse dinheiro extra um tanto mais da dívida do pai com o chefe, e estaria muito mais próximo do dia em que poderia se livrar do emprego, mas sem dúvida o jeito que o pai dera nas coisas tinha sido melhor.

Bem, esse dinheiro não era de modo algum suficiente para permitir que a família vivesse dos juros; talvez fosse o suficiente para manter a família por um ano, ou no máximo dois anos, não mais que isso. Portanto, era apenas um valor que não era realmente permitido ser gasto, e que tinha de ser posto de lado para uma emergência; mas o dinheiro para viver tinha de ser ganho. O pai era um homem saudável, sem dúvidas, mas idoso, que já não trabalhava havia cinco anos e a quem, de qualquer forma, não se podiam confiar muitas coisas; ele engordou muito naqueles cinco anos, que foram as primeiras férias de sua vida atribulada, mas malsucedida, e ficou bastante pesado como resultado, tornado-se, assim, bem lento. Será que a mãe idosa, que sofria de asma,

A METAMORFOSE

a quem uma caminhada pelo apartamento já exigia esforço e que, dia sim, dia não, ficava diante da janela aberta com dificuldade para respirar, conseguiria ganhar dinheiro agora? E será que a irmã, ainda uma adolescente de dezessete anos cujo estilo de vida até então dava gosto de ver — vestia-se bem, dormia bastante, ajudava nos afazeres, participava de algumas diversões modestas e, acima de tudo, tocava violino —, deveria ganhar dinheiro? Quando surgia a questão sobre essa necessidade de ganhar dinheiro, Gregor sempre se afastava da porta e se jogava sobre o fresco sofá de couro ao lado da porta, pois ardia por completo de vergonha e tristeza.

Frequentemente, ele ficava deitado lá por longas noites, nunca dormia nem por um momento e apenas tateava o couro por horas. Ou então não se poupava ao grande esforço de arrastar uma poltrona à janela para depois rastejar até o peitoril e, recostado na poltrona, inclinar-se na janela e observar lá fora, claramente apenas por revisitar qualquer lembrança da liberdade que antes sentia de olhar pela janela. Pois, de fato, dia após dia, ele via as coisas cada vez mais sem clareza, inclusive as que não ficavam tão distantes assim: já não conseguia discernir o hospital do outro lado da rua, cuja vista recorrente ele antes amaldiçoara, e, se não soubesse exatamente que morava na tranquila, porém totalmente urbana, rua Charlotte, poderia jurar estar olhando para um deserto além da janela, no qual o céu e a terra cinzentos se misturavam de forma indiferenciada. A atenciosa irmã só precisou ver a poltrona perto da janela duas vezes, quando empurrou a poltrona de volta para a janela depois de ter arrumado o quarto, e, a partir de então, até deixou a folha interna da janela aberta.

Se Gregor tivesse sido capaz de falar com sua irmã e agradecer-lhe por tudo o que ela tinha feito por ele, teria sido capaz de suportar seus serviços mais facilmente; mas ele sofria com a situação. É claro que a irmã tentou encobrir o embaraço de tudo, tanto quanto possível, e quanto mais o tempo passou, melhor ela conseguiu, é claro, mas Gregor também percebia tudo com muito mais precisão ao longo do tempo. Já a entrada dela era terrível para ele. Assim que entrava, ela, sem perder tempo para fechar a porta, por mais que cuidasse para poupar qualquer um da visão do quarto de Gregor, corria direto para a janela e, como se quase estivesse sufocando-a, escancarava-a com mãos rápidas; mesmo que ainda estivesse muito frio, ela também ficava por um tempo na janela e respirava profundamente. Com essa correria e a

A METAMORFOSE

barulheira, ela assustava Gregor duas vezes ao dia; todo o tempo ele tremia sob o sofá e ainda assim sabia muito bem que ela certamente o teria poupado disso se ao menos conseguisse ficar com as janelas fechadas no quarto onde ele estava.

Certa vez, provavelmente já tinha passado um mês desde a transformação de Gregor, e não era mais uma razão especial para a irmã se surpreender com a aparência do irmão, ela entrou um pouco mais cedo que de costume e encontrou Gregor olhando pela janela, imóvel e posicionado como se fosse realmente assustar alguém. Não teria sido inesperado para Gregor se ela não tivesse entrado, pois, na posição em que estava, a impedia de abrir a janela, mas ela não apenas não entrou, como também recuou e fechou a porta; alguém de fora quase poderia ter imaginado que Gregor estava esperando por ela e queria mordê-la. Gregor, claro, escondeu-se imediatamente debaixo do sofá, mas teve de esperar até ao meio-dia para que a irmã voltasse, e ela pareceu muito mais inquieta do que de costume. Então ele percebeu que sua aparência ainda era insuportável para ela e provavelmente continuaria sendo, e que ela precisava se esforçar imensamente para não sair correndo, mesmo quando via apenas uma pequena parte do seu corpo que se projetava por baixo do

FRANZ KAFKA

sofá. E, para poupá-la até mesmo dessa visão, um dia carregou sobre as costas — precisou de quatro horas para essa tarefa — o lençol para cima do sofá e o ajeitou de tal forma que agora ficava totalmente coberto, e a irmã, mesmo quando se curvasse para frente, não conseguiria enxergá-lo. Se, na sua opinião, este lençol não fosse necessário, então ela poderia removê-lo, porque era claro o suficiente que não poderia ter sido o prazer de Gregor desligar-se tão completamente, mas ela deixou o lençol assim como estava, e Gregor pensou até ter flagrado um olhar agradecido quando certa vez afastou o lençol cuidadosamente com a cabeça para ver como a irmã reagia à nova instalação.

Durante os primeiros catorze dias, os pais não puderam ir até ele, e ele ouvia com frequência como os dois reconheciam totalmente o atual trabalho da irmã, embora, até então, não raro ficassem irritados com a garota, que lhes parecia um tanto inútil. Agora, contudo, tanto o pai quanto a mãe aguardavam regularmente diante do quarto de Gregor enquanto a irmã o arrumava, e mal ela saía de lá, precisava contar com total exatidão como estava o quarto, o que Gregor havia comido, como havia se comportado dessa vez e se, talvez, houvera alguma pequena melhora perceptível. A mãe, por

A METAMORFOSE

sinal, também quis visitá-lo relativamente cedo, mas o pai e a irmã a contiveram no início por motivos racionais, que Gregor ouvira com muita atenção e que aprovava completamente. Mais tarde, no entanto, foi preciso segurá-la com força, quando ela então passou a gritar:

— Me deixem ver Gregor, meu pobre filho! Vocês não entendem que tenho de vê-lo?

Então Gregor pensou que talvez fosse bom se a mãe viesse, não todos os dias, é claro, mas talvez uma vez por semana; ela entendia tudo muito melhor que a irmã. Apesar de toda a sua coragem, ela era somente uma criança e, no final, talvez apenas por imprudência infantil, havia assumido tão difícil tarefa.

O desejo de Gregor ver a mãe logo se tornou realidade. Durante o dia, por consideração aos pais, Gregor não queria se mostrar na janela, mas não podia rastejar muito nos poucos metros quadrados do chão, pois já era difícil suportar ficar deitado quieto durante a noite, a comida logo não lhe deu o menor prazer, então ele adquiriu o hábito de rastejar pelas paredes e pelo teto para se divertir. Ele gostava particularmente de se pendurar no teto; era muito diferente de ficar deitado no chão, respirava-se com mais liberdade; um leve

FRANZ KAFKA

tremor atravessava o corpo e, na distração quase feliz em que Gregor se encontrava lá em cima, podia acontecer, para a sua própria surpresa, de ele se soltar e bater com tudo no chão. Mas agora, é claro, ele tinha um controle de seu corpo completamente diferente do que antes e não se machucaria mesmo em uma queda tão grande. A irmã logo percebeu o novo entretenimento que Gregor havia encontrado para si — ele também deixava, aqui e ali, rastros da substância grudenta ao rastejar — e, então, pôs na cabeça a ideia de que precisava possibilitar a Gregor rastejar em uma área maior e que tinha de retirar os móveis que o impediam, principalmente o armário e a escrivaninha. Mas agora ela não tinha condições de fazê-lo sozinha; ao pai ela não ousava pedir ajuda; a empregada certamente não teria ajudado, pois essa garota, que tinha por volta de dezesseis anos, resistia muito bravamente desde a dispensa da antiga cozinheira, mas havia pedido a gentileza de poder ficar permanentemente trancada na cozinha e abri-la apenas com um chamado específico; assim, não restou outra opção à irmã além de buscar a mãe quando o pai se ausentava. Com gritos alegres, a mãe apareceu, mas ficou calada diante da porta do quarto de Gregor. Primeiro, é claro, a irmã verificou para certificar-se de que

A METAMORFOSE

tudo estava em ordem no quarto; só então deixou a mãe entrar. Gregor havia puxado, com muita pressa, o lençol ainda mais para baixo e o deixado ainda mais amarrotado — a coisa toda parecia mesmo apenas um lençol jogado casualmente sobre o sofá. Dessa vez, Gregor também evitou espionar por debaixo do lençol; ele abdicou, assim, de ver a mãe e ficou feliz apenas por ela ter vindo.

— Vamos, você não pode vê-lo — disse a irmã, e aparentemente ela estava levando sua mãe pela mão. Gregor agora ouviu como as duas mulheres fracas empurraram o armário pesado para fora do lugar, e como a irmã continuou fazendo a maior parte do trabalho sozinha, sem ouvir os avisos da mãe, que temia que ela se esforçasse demais. Demorou muito tempo. Provavelmente depois de quinze minutos de trabalho, a mãe disse que seria melhor deixar o armário ali, porque, em primeiro lugar, era muito pesado, elas não seriam capazes de terminar antes de seu pai chegar e, com o móvel no meio do quarto, qualquer caminho de Gregor estaria bloqueado; segundo, não tinham certeza nenhuma de que Gregor ficaria satisfeito com a retirada dos móveis. Para ela, parecia ser o contrário, a visão da parede vazia lhe oprimia de verdade o coração; e por que Gregor não teria

FRANZ KAFKA

essa mesma sensação? Afinal, já estava acostumado havia muito com os móveis do quarto e, dessa forma, se sentiria abandonado no cômodo vazio.

— E então não é assim — concluiu a mãe, baixinho, quase aos sussurros, como se quisesse evitar que Gregor, cuja localização exata ela desconhecia, ouvisse até mesmo o som da sua voz, porque ela estava convencida de que ele não entendia as palavras — e não é assim como se mostrássemos, com a mudança dos móveis, que desistimos de qualquer esperança de melhora e o deixamos por conta própria, sem consideração nenhuma? Acho que seria melhor se tentássemos manter o quarto exatamente como costumava ser para que Gregor, quando voltar para nós, encontre tudo inalterado e possa esquecer com mais facilidade esse meio-tempo.

Ao ouvir essas palavras da mãe, Gregor reconheceu que a falta de qualquer atenção humana direta, unida à vida monótona em meio à família no decorrer desses dois meses, devia ter confundido sua mente, pois de outra maneira não teria conseguido explicar para si mesmo que, depois de tudo, pudesse ter exigido a sério que seu quarto fosse esvaziado. Ele realmente queria ter o quarto quente, confortavelmente mobilado com móveis herdados, transformado em uma

A METAMORFOSE

caverna, na qual ele seria então capaz de rastejar sem perturbações em todas as direções, mas, ao mesmo tempo rapidamente e completamente esquecendo seu passado humano? Agora ele já estava próximo de esquecer, e somente a voz da mãe, que havia tempo não escutava, o abalava. Nada devia ser retirado, tudo precisava permanecer, ele não podia ser privado da influência benéfica dos móveis em seu estado; e se os móveis o impediam de rastejar inutilmente em círculos, não era em nada prejudicial, mas sim uma grande vantagem.

Porém, infelizmente, a irmã era de outra opinião; ela tinha o hábito, ainda que não totalmente injustificado, de se apresentar como especialista diante dos pais nas conversas sobre as questões relacionadas a Gregor, e assim, também naquele momento, o conselho da mãe foi motivo suficiente para a irmã insistir na retirada não apenas do armário e da escrivaninha, o que era sua ideia no início, mas de todos os móveis, com exceção do indispensável sofá. Claro, não eram apenas a birra infantil e a autoconfiança tão inesperada e adquirida a muito custo nos últimos tempos que a conduziam até essa exigência; ela também tinha observado de fato que Gregor precisava de bastante espaço para rastejar, e os móveis, pelo que podia ver, de modo algum eram utilizados. Talvez, é provável que também viesse à tona o espírito entusiasmado de uma garota de sua idade, que busca satisfação em todas as oportunidades, e por meio do qual Grete agora se deixou levar a querer tornar a situação de Gregor ainda mais aterrorizante, a fim de ser capaz de fazer ainda mais por ele do que até então. Pois só Grete ousaria entrar numa sala em que o Gregor dominava sozinho as paredes vazias.

E assim não se deixou dissuadir pela mãe, que também parecia insegura de tanta inquietação dentro daquele quarto; ela logo se calou e ajudou a filha, com as forças que tinha, na remoção do armário. Bem, Gregor poderia abrir mão do armário numa emergência, mas a escrivaninha tinha de ficar. E mal as mulheres haviam deixado o quarto com o armário, contra o qual se pressionavam ofegantes, Gregor pôs a cabeça para fora do sofá para ver como ele poderia intervir com cuidado e o mais atenciosamente possível. Mas, infelizmente, foi a mãe que voltou primeiro, enquanto Grete estava no quarto ao lado e sacudia o armário para lá e para cá sozinha, sem, obviamente, tirá-lo do lugar. Mas a mãe não estava habituada a ver Gregor, ele poderia adoecê-la, e assim Gregor se apressou, apavorado, em uma corrida de costas até a outra ponta do sofá, sem conseguir evitar que o lençol à

A METAMORFOSE

frente se movesse um pouco. Foi o suficiente para chamar a atenção da mãe. Ela hesitou, ficou por um momento parada e, em seguida, voltou até Grete.

Apesar de Gregor ficar dizendo para si mesmo que nada de extraordinário estava acontecendo, mas que apenas algumas peças de mobiliário estavam sendo reorganizadas, ele logo teve de admitir que este zanzar das mulheres, seus chamados breves, e o arrastar dos móveis no chão, tiveram um efeito sobre ele como uma grande agitação alimentada de todos os lados, por mais que encolhesse com firmeza a cabeça e as pernas e espremesse o corpo contra o assoalho, não aguentaria muito tempo tudo aquilo. Elas esvaziaram seu quarto, levaram tudo o que lhe era estimado, o armário no qual estavam sua serra de arco e outras ferramentas já havia sido carregado para fora; agora afrouxavam do chão a escrivaninha firmemente presa, na qual ele havia feito suas tarefas como estudante de comércio, do ginásio, até mesmo da escola primária — não tinha mais tempo de testar as boas intenções das duas mulheres, cuja existência ele, aliás, quase havia esquecido, pois trabalhavam mudas de exaustão, e se ouvia apenas a batida forte de seus pés.

E então ele irrompeu — as mulheres estavam encostadas na mesa no quarto ao lado para pegar um pouco de fôlego — e mudou a direção do curso quatro vezes; ele realmente não sabia o que salvar primeiro, então olhou para a fotografia da senhora vestida de peles, já pendurada na parede vazia, rastejou parede acima e se apertou contra o vidro, que o segurou e lhe propiciou uma sensação agradável em sua barriga quente. Ao menos esse quadro, que Gregor agora cobria por completo, não seria levado por ninguém naquele momento. Ele girou a cabeça na direção da porta da sala de estar para observar as mulheres em seu retorno.

Elas não ficaram muito tempo descansando e logo voltaram; Grete havia posto o braço ao redor da mãe e quase a puxava.

— E agora, o que levamos? — perguntou Grete, olhando ao redor. Então, seu olhar cruzou com o de Gregor na parede. Provavelmente foi apenas por causa da presença da mãe que a garota manteve a compostura, abaixou o rosto na direção dela para evitar que olhasse ao redor e disse, embora de forma trêmula e sem pensar:

— Venha, seria melhor se voltássemos à sala de estar por um momento. — A intenção de Grete era clara para Gregor,

A METAMORFOSE

ela queria pôr a mãe em segurança e depois escorraçá-lo da parede. Bem, ela poderia até tentar! Ele estava sobre o quadro e não arredaria dali. Ele preferia pular no rosto de Grete.

Mas as palavras de Grete realmente preocuparam sua mãe; ela deu um passo para o lado, viu a enorme mancha marrom no papel de parede florido, gritou, antes de realmente perceber que era Gregor o que ela via, e falou em uma voz alta e rouca:

— Oh Deus, oh meu Deus! — E caiu de braços abertos no sofá, como se tivesse desistido de tudo e sem se mexer.

— Você, Gregor! — gritou a irmã, com o punho levantado e olhares penetrantes. Estas foram as primeiras palavras que ela lhe dirigia diretamente desde a metamorfose.

Ela correu para o quarto ao lado para buscar alguma essência com a qual pudesse despertar a mãe do desmaio; Gregor também quis ajudar — ainda havia tempo para o resgate do quadro —, mas havia grudado com firmeza no vidro e teve de se soltar com violência; então, também correu para o quarto ao lado, como se pudesse dar algum conselho à irmã como antes; porém, precisou ficar imóvel atrás dela, enquanto procurava em diversos frascos; ela se assustou quando se virou; uma garrafa caiu no chão e quebrou, e uma lasca feriu o rosto de Gregor, algum medicamento corrosivo se derramou sobre ele; então, Grete pegou tantos frascos quanto podia carregar sem esperar mais tempo, correu até a mãe e bateu à porta com o pé. Gregor estava agora separado de sua mãe, que, por sua culpa, talvez estivesse à beira da morte; ele não poderia abrir a porta se não quisesse espantar a irmã, que precisava ficar com a mãe; ele não tinha outra coisa a fazer senão esperar e, oprimido pelas autoacusações e pela aflição, começou a rastejar; rastejou sobre todas as coisas, paredes, móveis, teto, e, por fim, em desespero, quando o cômodo inteiro começou a girar ao seu redor, despencou no meio da grande mesa.

Um pouco depois, Gregor estava ali deitado, havia silêncio por todo o lado, talvez fosse um bom sinal. Foi quando tocou a campainha. A empregada estava, claro, trancada em sua cozinha, e Grete, portanto, teve que abrir. O pai havia chegado.

— O que aconteceu? — foram suas primeiras palavras; a aparência de Grete provavelmente lhe revelara tudo.

Grete respondeu com uma voz abafada, aparentemente pressionando seu rosto contra o peito de seu pai:

— A mãe desmaiou, mas ela já está melhor. O Gregor fugiu.

A METAMORFOSE

— Eu estava esperando por isso — disse o pai. — Eu sempre disse a vocês, mas vocês mulheres não querem ouvir.

Para Gregor, estava claro que o pai havia interpretado mal a notícia breve demais de Grete e supôs que Gregor fosse culpado por algum ato violento. É por isso que Gregor agora tinha que tentar apaziguar seu pai, porque ele não tinha tempo nem oportunidade para esclarecê-lo. E assim ele correu até a porta de seu quarto e se comprimiu contra ela para que o pai pudesse ver, já na entrada da antessala, que Gregor tinha a melhor das intenções ao voltar imediatamente para seu quarto e que não seria necessário enxotá-lo para lá, mas somente precisaria que alguém abrisse a porta, e ele logo desapareceria.

Contudo, o pai não estava com humor para perceber tais sutilezas. "Ah!", gritou ele, logo na entrada, em um tom que o fazia parecer furioso e contente ao mesmo tempo. Gregor recuou com a cabeça e a ergueu na direção do pai. Realmente, não imaginava seu pai como ele estava agora; no entanto, devido às novas formas de rastejar dos últimos tempos, ele havia deixado de se preocupar como antes com os acontecimentos no restante da casa e realmente deveria ter se preparado para encontrar mudanças nas relações. Mas, apesar disso, apesar disso tudo, aquele ainda era seu pai? O mesmo homem que, cansado, ficava jogado na cama quando Gregor saía em uma viagem de trabalho, que, nas noites em que voltava, o recebia de roupão na poltrona; que nem sequer tinha condições de se levantar, mas, como sinal de alegria, apenas erguia os braços; que, nos raros passeios juntos em alguns domingos do ano e nos feriados mais importantes, andava com esforço, entre Gregor e a mãe — que já caminhavam devagar —, ainda mais lentamente, enrolado em seu velho casaco, apoiado sempre com muito cuidado em sua muleta; e que, quando queria dizer alguma coisa, quase sempre interrompia a caminhada e reunia os acompanhantes em torno de si? Agora, no entanto, ele estava bem ereto, vestido em um uniforme azul justo com botões dourados, como usavam os funcionários das instituições bancárias; sobre o colarinho alto e rígido do casaco emergia seu forte queixo duplo; debaixo das sobrancelhas densas, os olhos pretos lançavam olhares enérgicos e atentos; os cabelos brancos, antes bagunçados, estavam penteados e partidos com uma risca meticulosamente exata e brilhosa. Ele jogou o quepe, no qual havia um monograma dourado, provavelmente de um banco, impondo-lhe a trajetória de um arco por cima de

A METAMORFOSE

todo o quarto até cair sobre o sofá, e avançou até Gregor com os lados de seu longo casaco do uniforme atirados para trás, as mãos nos bolsos da calça e o rosto raivoso. Certamente nem ele mesmo sabia o que planejava; de qualquer forma, levantava os pés a uma altura nada habitual, e Gregor se surpreendeu com o tamanho imenso da sola da bota. Mas ele não ficou ali parado, ainda sabia desde o primeiro dia de sua nova vida, que o pai só considerava apropriada para ele a maior severidade. E assim correu diante do pai, parando quando ele parava e se apressando ao mínimo movimento dele. Dessa maneira, deram várias voltas pelo quarto sem que nada de decisivo acontecesse, sem que nada daquilo tivesse nem mesmo aparência de perseguição por causa do seu ritmo lento. Por isso, Gregor também permaneceu por um momento no chão, pois temia, sobretudo, que o pai pudesse considerar uma fuga pelas paredes ou pelo teto algo de uma malignidade excepcional. No entanto, Gregor teve de dizer a si mesmo que não aguentaria por muito tempo aquela corrida, pois, enquanto o pai dava um passo, ele precisava executar uma quantidade imensa de movimentos. A respiração pesada começou a ficar perceptível, afinal, mesmo em seus primeiros dias, já não tinha pulmões totalmente confiáveis. Enquanto cambaleava para lá e para cá de modo a reunir todas as forças para a corrida, quase não mantinha os olhos abertos; atordoado, não pensava em outra salvação senão correr; e quase havia se esquecido de que as paredes estavam livres para ele, embora ali estivessem móveis cuidadosamente esculpidos cheios de pontas e extremidades denteadas — foi quando algo passou voando ao lado, jogado de leve, e rolou a sua frente... Era uma maçã; imediatamente uma segunda voou atrás dele; Gregor parou horrorizado; era inútil continuar correndo, pois o pai decidira bombardeá-lo. Ele tinha enchido os bolsos na fruteira sobre o aparador e agora lançava, por ora, sem mirar direito, maçã atrás de maçã. Essas pequenas maçãs vermelhas rolavam como que eletrizadas pelo chão e se chocavam umas nas outras. Uma maçã atirada sem força passou de raspão pelas costas de Gregor, e deslizou sem causar nenhum dano. Porém, uma que voou na sequência literalmente penetrou em suas costas; Gregor quis continuar rastejando, como se a dor surpreendente e inacreditável pudesse passar com a mudança de local, mas sentia como se estivesse pregado e se estirou em uma confusão completa de todos os sentidos. Apenas com o último olhar ele ainda viu a porta de seu quarto sendo escancarada,

A METAMORFOSE

e sua mãe correndo para fora na frente da irmã gritando, só de camisa, pois a irmã tinha aberto suas roupas para que respirasse livremente enquanto estava desmaiada; e viu como a mãe correu na direção do pai e no caminho as saias desamarradas deslizaram uma após a outra ao chão; e viu como ela, tropeçando nas saias, avançou sobre o pai e o abraçou, em completa união — nesse momento, contudo, a visão de Gregor já falhava —; ela pedia, com as mãos envolvendo a nuca do pai, que poupasse a vida de Gregor.

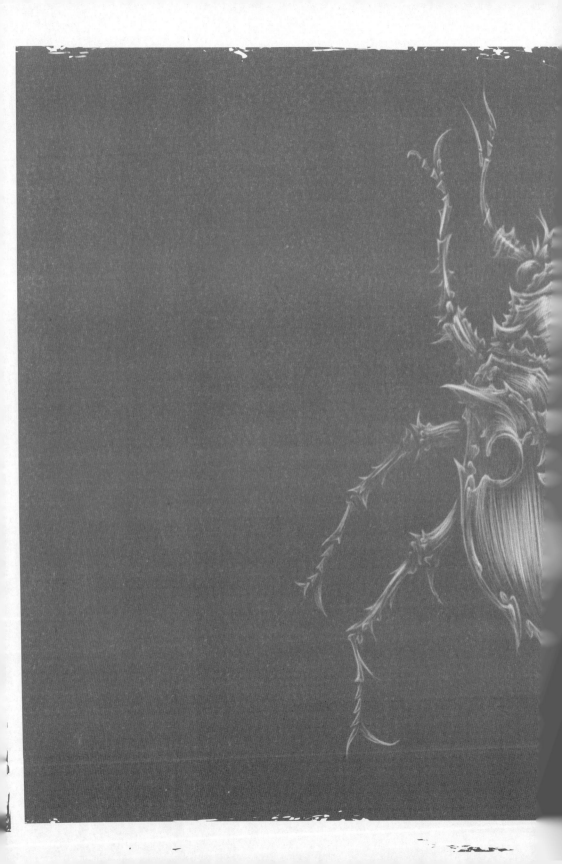

O grave ferimento de Gregor, com o qual sofreu por mais de um mês — a maçã permaneceu cravada na carne, como uma lembrança visível, pois ninguém ousava tirá-la —, parecia ter recordado ao pai de Gregor que, apesar de sua presente figura triste e repulsiva, ele era um membro da família, que não podia ser tratado como um inimigo, e que diante dele valia o mandamento do dever familiar de engolir a aversão e tolerar, nada mais do que tolerar.

E embora Gregor tivesse, provavelmente, perdido sua mobilidade para sempre, devido a sua ferida, e levado longos e longos minutos para atravessar seu quarto, como um velho inválido — não podia nem pensar em andar pelas paredes — obteve o que considerou ser uma compensação totalmente adequada para este agravamento do seu estado; por volta do anoitecer, a porta da sala de estar, que ele cuidava de observar com atenção já duas horas antes, era aberta, de forma que, deitado na escuridão de seu quarto, invisível da sala de estar, podia ver a família inteira à mesa iluminada e escutar suas conversas, de certa forma com a permissão geral, ou seja, bem diferente do que acontecia antes.

Porém, já não eram mais as conversas animadas de antigamente, nas quais Gregor sempre pensava nos pequenos quartos de hotel com certa saudade, quando podia se jogar cansado sobre lençóis e travesseiros úmidos. Agora, era normal haver muito silêncio. Logo depois do jantar, o pai dormia rapidamente em sua poltrona; a mãe e a irmã incutiam uma à outra ao silêncio; a mãe, bastante curvada sobre a luz, cerzia finas roupas de baixo para uma butique; a irmã, que havia conseguido um emprego como vendedora, à noite estudava estenografia e francês para quem sabe, um dia, conseguir um cargo melhor. Às vezes o pai acordava e, como se não soubesse que havia dormido, dizia para a mãe:

A METAMORFOSE

— Há quanto tempo você está costurando hoje! — E adormecia imediatamente, enquanto a mãe e a irmã sorriam cansadas uma para a outra.

Com uma espécie de obstinação, o pai recusou-se a tirar o uniforme de empregado em casa; e, enquanto o roupão estava pendurado inutilmente no cabide, o pai dormia completamente vestido em seu lugar como se estivesse sempre pronto para o serviço e esperasse também ali pela voz de seu superior. Consequentemente, o uniforme, que já desde o início não era novo, havia perdido todo o zelo, apesar de todo o cuidado da mãe e da irmã, e Gregor olhava com frequência por noites inteiras aquela roupa manchada e brilhosa com seus botões dourados sempre lustrados, com a qual o velho dormia extremamente desconfortável, mas ainda assim tranquilo.

Assim que o relógio batia às dez, a mãe tentava acordar o pai falando baixinho com ele e depois o convencia a ir para a cama, pois ali não era realmente lugar para dormir, e esse sono era extremamente necessário ao pai, pois precisava entrar no trabalho às seis horas. Mas, na obstinação que o tomara desde que virara funcionário, ele sempre insistia em permanecer por mais um tempo à mesa, apesar de adormecer regularmente, e apenas com o máximo esforço era persuadido a trocar a poltrona pela cama. Por mais que sua mãe e irmã insistissem com pequenos avisos, por quinze minutos ele sacudia devagar a cabeça, mantinha os olhos fechados e não se levantava. A mãe puxava-o pela manga, dizia palavras carinhosas ao ouvido, a irmã deixava suas tarefas de lado para ajudar a mãe, mas não adiantava. Ele afundava ainda mais em sua poltrona. Só quando as mulheres o agarravam pelas axilas, ele abria os olhos, encarava alternadamente mãe e irmã e se punha a dizer:

— Esta é a vida. É o descanso de meus dias de velhice — E, apoiando-se nas duas mulheres, ele se levantava, sem jeito, como se fosse o maior fardo para si mesmo, deixava-se levar pelas mulheres até a porta, acenava para elas ali e depois caminhava sozinho enquanto rapidamente a mãe soltava seus instrumentos de costura e a irmã, sua caneta, a fim de correrem atrás do pai para continuar a assisti-lo.

Quem nessa família exausta e sobrecarregada tinha tempo para cuidar de Gregor além do absolutamente necessário? O orçamento da casa ficava cada vez mais curto; a empregada acabou sendo dispensada, uma faxineira imensa e ossuda com cabelos brancos esvoaçantes ao redor da cabeça vinha

A METAMORFOSE

de manhã e à noite para fazer o trabalho mais pesado; de todo o resto, além dos muitos trabalhos de costura, cuidava a mãe. Aconteceu até mesmo de diversas joias da família, que outrora a mãe e a irmã haviam usado felicíssimas em entretenimentos e solenidades, serem vendidas, como Gregor soube certa noite ao ouvir uma conversa sobre os preços alcançados. Mas a maior queixa sempre foi que não se podia sair deste apartamento, que era muito grande para as condições atuais —, pois era impossível pensar em como Gregor seria removido. Mas Gregor compreendeu que não era apenas por consideração a ele que se evitava tal mudança, afinal, seria possível transportá-lo em uma caixa adequada com alguns furos de ventilação; o que principalmente impedia a família de mudar de apartamento era mais a desesperança completa e o pensamento de que haviam sido acometidos por um infortúnio ao qual estavam todos alheios no círculo de parentes e conhecidos. O que o mundo exigia dos pobres, eles cumpriam até o extremo; o pai buscava o desjejum para os pequenos funcionários do banco, a mãe se sacrificava por roupas de baixo de gente estranha, a irmã corria para lá e para cá no balcão segundo a ordem dos clientes, mas as forças da família não eram suficientes. E o ferimento nas costas de

FRANZ KAFKA

Gregor voltava a doer quando a mãe e a irmã, após terem levado o pai para a cama, retornavam, deixavam o trabalho de lado, aproximavam-se e sentavam de rosto colado; então a mãe, apontando para o quarto de Gregor, dizia:

— Feche a porta, Grete — assim Gregor estava de volta no escuro, enquanto, no cômodo ao lado, as mulheres misturavam suas lágrimas ou mesmo, sem mais o que chorar, apenas olhavam a mesa.

Gregor passava as noites e os dias quase completamente sem dormir. Às vezes pensava em assumir de novo, na próxima abertura de porta, os assuntos familiares como antes; em seus pensamentos apareciam de novo, depois de muito tempo, o chefe e o gerente, os caixeiros e os aprendizes, o garoto de recados tão tapado, dois ou três amigos de outras empresas, uma camareira de certo hotel na província, uma lembrança querida e fugidia, uma atendente de caixa de uma chapelaria que ele havia cortejado a sério, mas com extremo vagar — todos apareciam misturados com estranhos ou gente já esquecida, mas, em vez de ajudar Gregor e a família dele, estavam todos inacessíveis, e ele ficava feliz quando desapareciam. Então, perdia o ânimo de cuidar de sua família, simplesmente se enchia da raiva pelos maus-tratos e, apesar

A METAMORFOSE

de não conseguir imaginar nada que lhe desse apetite, fazia planos sobre como poderia chegar à despensa para lá pegar o que lhe era devido, mesmo que não tivesse fome alguma. Sem mais pensar no que poderia agradar Gregor em especial, a irmã, antes de correr de manhã e à tarde para a empresa, empurrava com o pé, da forma mais apressada possível, qualquer comida para dentro do quarto de Gregor, para, à noite, não importando se ele havia talvez gostado da comida ou — como era mais frequente — a tivesse deixado completamente intocada, puxá-la para fora com um arrastar de vassoura. A arrumação do quarto, da qual ela cuidava agora apenas à noite, não podia ser feita com mais rapidez. Manchas de terra corriam ao longo das paredes, aqui e ali havia bolas de poeira e detritos. No início, assim que a irmã chegava, Gregor se punha em cantos que indicavam a imundície para, de alguma forma, com isso, repreendê-la. Mas ele poderia ter ficado ali por semanas inteiras sem que a irmã melhorasse: assim como ele, ela também via a sujeira, mas tinha decidido deixá-la ali. Ao mesmo tempo, demonstrando uma suscetibilidade totalmente nova e que havia tomado conta da família inteira, ela cuidava para que a arrumação do quarto de Gregor ficasse somente para ela. Certa vez, a mãe fez uma grande limpeza no quarto, e só pôde fazê-la com o uso de alguns baldes de água — tanta umidade também adoecia Gregor, e ele permaneceu escarrapachado, amargurado e imóvel sobre o sofá —, mas o castigo não faltou para a mãe. Mal a irmã percebera a mudança no quarto de Gregor, entrou na sala de estar extremamente ofendida e, apesar das mãos erguidas e suplicantes da mãe, explodiu em um ataque de choro para os pais — o pai, obviamente, teve um sobressalto em sua poltrona —; eles, a princípio, observaram surpresos e impotentes; até que também começaram a se agitar; o pai, à direita, acusava a mãe de não deixar a limpeza do quarto para a irmã; à esquerda, por sua vez, dizia aos berros à irmã que ela nunca mais voltaria a limpar o quarto de Gregor; enquanto a mãe tentava arrastar o pai, que estava fora de si de tanta agitação, para o quarto, a irmã, aos soluços, batia com os pequenos punhos sobre a mesa; e Gregor, tomado pela raiva, sibilava alto, pois não ocorrera a ninguém fechar a porta para poupá-lo dessa visão e desse escândalo.

Mas, mesmo que a irmã, exausta com seu trabalho, estivesse farta de cuidar de Gregor como antes, a mãe não precisava, de modo algum, ficar no lugar dela, e Gregor não precisava ser negligenciado. Pois agora havia a faxineira

A METAMORFOSE

lá. Esta velha viúva, que sobreviveu ao pior da sua longa vida com a ajuda da sua forte estrutura óssea, não tinha nenhuma repulsa a Gregor. Sem ser curiosa de forma alguma, certa vez, ela, por acaso, abriu a porta do quarto de Gregor e estacou admirada, com as mãos sobre o colo, à visão dele, que, totalmente surpreso, apesar de ninguém o perseguir, começou a correr de um lado para o outro. Desde então, ela não deixou de abrir a porta um pouco de manhã e à noite e olhar para Gregor. No início, ela o chamava também para si com palavras que provavelmente ela considerava amigáveis, como "Venha cá, velho bicho nojento!" ou "Vejam só o velho bicho nojento!". Gregor não respondia a esses chamados, permanecia imóvel em seu lugar, como se a porta não tivesse sido aberta. Queria que ao menos tivessem dado a ordem a essa faxineira para limpar diariamente seu quarto em vez de perturbá-lo inutilmente como bem entendesse! Certa vez, bem cedo — uma chuva forte, talvez um sinal da primavera que estava por vir, batia nos vidros —, quando a faxineira recomeçou com seus dizeres, Gregor estava tão amargo que, mesmo que de forma lenta e frágil, voltou-se contra ela, como que se fosse atacá-la. A faxineira, porém, em vez de se apavorar, simplesmente ergueu uma cadeira que se encontrava perto da porta; uma vez parada com a boca aberta, ficou clara sua intenção de fechar a boca apenas quando a cadeira em sua mão caísse sobre as costas de Gregor.

— Então você não vai continuar? — ela perguntou, quando Gregor se virou novamente, e colocou com calma a cadeira de volta no canto.

Gregor não comia quase nada. Só quando por acaso passava pela refeição preparada, mordia um pouco por diversão, conservava-a ali na boca por horas e cuspia depois a maior parte. Primeiro pensou ser a tristeza pelo estado de seu quarto o que o impedia de comer, mas foi exatamente com as mudanças do quarto que ele se reconciliou mais rápido. Haviam se acostumado a deixar naquele quarto coisas que não podiam colocar em outro lugar, e existiam muitas dessas coisas, pois um quarto do apartamento fora alugado a três inquilinos. Estes cavalheiros sérios — eram escrupulosamente ordeiros não apenas em seu quarto, mas, desde que haviam se mudado para lá, também eram cuidadosos com toda a residência, em especial com a cozinha. Não suportavam inutilidades nem muito menos tranqueiras sujas. Além disso, haviam trazido grande parte do próprio mobiliário. Por esse motivo, muitas coisas que não eram vendáveis se tornaram

A METAMORFOSE

supérfluas, mas ninguém queria jogá-las fora. Tudo isso ia para o quarto de Gregor. Também a caixa de cinzas e a lata de lixo da cozinha. O que no momento não se usava, a faxineira, que sempre tinha muita pressa, simplesmente jogava no quarto de Gregor, que felizmente olhava, na maioria das vezes, apenas o tal objeto e a mão que o segurava. A faxineira talvez tivesse a intenção de buscar as coisas quando houvesse tempo e oportunidade ou jogar fora tudo de uma vez; mas, na verdade, elas simplesmente permaneciam lá onde haviam sido jogadas, a não ser quando Gregor empurrava as tralhas e as colocava em movimento, a princípio por obrigação, pois não havia mais espaço livre para rastejar, mas depois também, com prazer cada vez maior, mesmo que, após essas perambulações, ele ficasse imóvel por horas, morto de cansaço e de tristeza.

Como os inquilinos às vezes jantavam em casa na sala de estar comum, a porta da sala permanecia fechada em algumas noites, mas Gregor facilmente se absteve de abrir a porta, já que ele não a tinha usado algumas noites quando ela ficava aberta, e estava, sem que a família percebesse, deitado no canto mais escuro de seu quarto. Certa vez, no entanto, a faxineira deixou a porta da sala de estar um pouco aberta, e ela ficou assim, inclusive quando os inquilinos entraram à noite e acenderam a luz. Sentaram-se à ponta da mesa, onde outrora se sentavam o pai, a mãe e Gregor, desdobraram os guardanapos e pegaram faca e garfo. Imediatamente apareceram à porta a mãe com uma travessa de carne e logo atrás dela a irmã com outra travessa com uma pilha alta de batatas. Da comida subia um forte vapor. Os inquilinos inclinaram-se sobre as travessas postas diante deles, como se quisessem verificar seu conteúdo antes de comer, e, de fato, aquele que estava sentado no meio e parecia agir como autoridade perante os outros dois cortou um pedaço de carne ainda na travessa, claramente para verificar se estava macia o suficiente e se não deveria, por acaso, ser enviada de volta à cozinha. Ele estava satisfeito, e a mãe e a irmã, que observavam tensas, sorriram, suspirando aliviadas.

A própria família comia na cozinha. No entanto, antes de ir para a cozinha, o pai entrou nesta sala e com um único gesto de reverência, quepe na mão, deu a volta na mesa. Os inquilinos levantaram-se juntos e murmuraram algo entre suas barbas. Então, quando ficaram sozinhos, comeram quase em silêncio absoluto. Parecia estranho a Gregor que sempre se ouvisse, em meio a uma multiplicidade de ruídos

A METAMORFOSE

do ato de comer, seus dentes mastigando, como se com isso tivessem que mostrar a Gregor que dentes eram necessários para comer e que não se podia fazer nada com belas mandíbulas desdentadas. "Tenho apetite" — disse Gregor a si mesmo ansiosamente. "Mas não por estas coisas. Como se alimentam esses inquilinos, enquanto eu estou morrendo?"

Justamente naquela noite — Gregor não se lembrava de ter ouvido o violino durante todo esse tempo —, o som do instrumento veio da cozinha. Os inquilinos já haviam terminado a refeição, o do meio havia puxado um jornal, dado uma folha a cada um dos outros dois, e então liam recostados e fumavam. Quando o violino começou a tocar, eles prestaram atenção, levantaram-se e foram na ponta dos pés até a antessala, onde pararam espremidos uns contra os outros. Devem tê-los ouvido da cozinha, pois o pai gritou:

— Por acaso a música desagrada aos senhores? Pode-se parar imediatamente.

— Pelo contrário — disse o senhor do meio. — A senhorita não gostaria de se juntar a nós e tocar aqui no quarto, onde é muito mais confortável e aconchegante?

— Ah, certamente — exclamou o pai, como se fosse ele o violinista.

FRANZ KAFKA

Os senhores voltaram à sala e esperaram. Logo vieram o pai com a estante de partituras, a mãe com as partituras e a irmã com o violino. A irmã preparou tudo calmamente para tocar; os pais, que nunca antes haviam alugado quartos e, por isso, exageravam na cordialidade com os inquilinos, nem sequer ousavam se sentar nas próprias cadeiras; o pai recostou-se à porta, a mão direita enfiada entre dois botões do casaco do uniforme; a mãe, no entanto, aceitou uma cadeira oferecida por um dos senhores e sentou-se lá, apartada num canto, onde o senhor por acaso havia deixado a cadeira.

A irmã começou a tocar; pai e mãe, cada um de seu lado, seguiam atentamente os movimentos de suas mãos. Gregor, atraído pela música, ousou avançar um pouco e já estava com a cabeça na sala de estar. Ele nem se surpreendia que, nos últimos tempos, tivesse um pingo de consideração pelos outros; antes essa consideração tinha sido seu orgulho. E, justamente por isso, agora ele teria tido motivo para se esconder, pois, por causa do pó que se depositava em todos os cantos de seu quarto e que voava ao menor movimento, ele também estava coberto de poeira; arrastava consigo nas costas e nas laterais fios, cabelos, restos de comida; sua indiferença diante de tudo era grande demais para que ele tivesse se deitado

A METAMORFOSE

de costas e se esfregado no tapete, tal como fizera outrora várias vezes durante o dia. E, apesar de seu estado, não teve vergonha de avançar um tanto sobre o assoalho imaculado da sala de estar.

No entanto, ninguém prestava atenção nele. A família estava totalmente absorta pelo violino; os inquilinos, por outro lado, que inicialmente se puseram, com as mãos nos bolsos, perto demais da irmã, atrás da estante da partitura, a fim de que pudessem vê-la — o que devia certamente ter perturbado a irmã —, logo recuaram para a janela, onde ficaram conversando de cabeça baixa ao pé do ouvido, observados com ansiedade pelo pai. Realmente era mais do que óbvio que estavam decepcionados em sua expectativa de ouvir uma música de violino bela ou divertida, que estavam fartos da apresentação e apenas por educação permitiam que seu sossego fosse perturbado. Especialmente o jeito como sopravam para cima a fumaça dos charutos, pelo nariz e pela boca, revelava grande nervosismo. E, ainda assim, a irmã tocou bem! Seu rosto ficava inclinado para o lado, seus olhares seguiam as linhas da partitura com tristeza e atenção profunda. Gregor rastejou um pouco mais adiante e manteve a cabeça colada ao chão para ver se avistava os olhares dela. Seria ele um animal, considerando que a música o emocionava tanto? Era como se o caminho até o alimento desejado e desconhecido se abrisse perante ele. Ele decidiu avançar até a irmã, puxá-la pelas saias e indicar para ela que poderia ir a seu quarto com o violino, pois ninguém ali dava valor à música como ele queria dar. Ele não queria mais deixar que ela saísse de seu quarto, ao menos não enquanto ele vivesse; sua figura assustadora lhe deveria ser útil pela primeira vez; queria estar em todas as portas de seu quarto ao mesmo tempo e bufar na cara dos agressores; no entanto, a irmã não deveria ser obrigada, mas sim ficaria com ele por livre e espontânea vontade; ia se sentar ao lado dele no sofá, lhe inclinaria o ouvido, e ele lhe confiaria que tivera a intenção firme de enviá-la ao conservatório e que teria anunciado a todos no último Natal, sem se preocupar com qualquer posicionamento contrário — o Natal já tinha mesmo passado? —, se, nesse meio-tempo, o infortúnio não tivesse acontecido. Depois dessa explicação, a irmã irromperia em lágrimas de emoção, e Gregor se ergueria até seus ombros e lhe beijaria o pescoço, que, desde que começara na empresa, mantinha sem fita ou colarinho.

A METAMORFOSE

— Senhor Samsa! — gritou o homem do meio ao pai e, sem gastar mais uma palavra, apontou com o indicador para Gregor, que avançava devagar. O violino calou-se, o inquilino do meio sorriu primeiro, sacudindo a cabeça aos amigos, e olhou de volta para Gregor. O pai parecia considerar mais necessário acalmar os inquilinos em vez de enxotar Gregor, ainda que não estivessem nem um pouco agitados e que Gregor parecesse entretê-los mais que o violino. O pai correu até eles e tentou, de braços abertos, empurrá-los até seu quarto e, ao mesmo tempo, tampar com o corpo a visão que tinham de Gregor. Os inquilinos, de fato, ficaram um pouco irritados, não se sabia mais se por causa do comportamento do pai ou se porque agora despontava a compreensão de que tinham um vizinho de quarto como Gregor. Eles exigiram explicações do pai, ergueram por sua vez os braços, ponteavam com agitação a barba e apenas com vagar recuaram para o quarto. Nesse meio-tempo, a irmã havia superado a desorientação na qual caíra após a apresentação subitamente interrompida; depois de manter o violino e o arco nas mãos frouxas e continuar olhando a partitura como se ainda tocasse, havia se recomposto de uma vez; deixara o instrumento no colo da mãe, que estava sentada em sua

FRANZ KAFKA

cadeira com dificuldade para respirar, com os pulmões trabalhando arduamente, e correra até o quarto ao lado, do qual os inquilinos se aproximavam, agora mais rápidos, sob coação do pai. Via-se como, pelas mãos treinadas da irmã, os cobertores e travesseiros voavam alto para a cama e se ordenavam. Ainda antes que os senhores chegassem ao quarto, ela já estava com as camas prontas e saiu. O pai parecia tão tomado por sua obstinação que esqueceu todo o respeito que prestava a seus inquilinos até então. Ele apenas empurrava e empurrava, até que, já à porta do quarto, o senhor do meio bateu com tudo o pé no chão e fez o pai parar.

— Doravante declaro que — disse o homem, erguendo a mão e buscando o olhar tanto da mãe quanto da irmã —, considerando as condições repulsivas dominantes nesta casa e nesta família — aqui ele cuspiu rápida e decididamente no chão —, rescindo imediatamente a locação de meu quarto. Obviamente não pagarei nem o mínimo pelos dias que aqui vivi. Ao contrário, ainda terei de refletir se não exigirei do senhor alguma compensação que, acredite em mim, será muito fácil de justificar.

A METAMORFOSE

Ele se calou e olhou adiante, como se esperasse alguma coisa. Na realidade, seus dois amigos em seguida tomaram a palavra:

— Nós também rescindimos a locação imediatamente.

Com isso, ele agarrou a maçaneta com estrépito e fechou a porta.

O pai cambaleou até sua cadeira, tateando, e se deixou despencar; parecia esticar o corpo para sua soneca noturna habitual, mas o acenar forte de sua cabeça, que parecia desorientada, mostrava que de forma alguma dormia. Gregor ficou parado o tempo todo no lugar onde os inquilinos o flagraram. A decepção pelo fracasso de seu plano, e possivelmente também a fraqueza causada por tanta fome, impossibilitavam que ele se movesse. Ele temia, com certa convicção, um colapso descarregado de forma generalizada sobre ele nos próximos momentos e, então, esperou. Nem mesmo o violino o assustou, que, sob os dedos trêmulos da mãe, caiu de seu colo e soltou um tom reverberante.

— Queridos pais — disse a irmã e, bateu a mão sobre a mesa como introdução —, assim não é possível continuar. Se por acaso não admitem isso, eu admito. Não quero dizer o nome do meu irmão na frente desse monstro e, por isso, eu digo: precisamos dar um jeito de nos livrarmos dessa coisa. Tentamos o que é humanamente possível para cuidar dele e aguentá-lo; acredito que ninguém poderá levantar contra nós nem mesmo uma ínfima acusação.

— Ela está certa mil vezes — disse o pai para si mesmo.

A mãe, que ainda não conseguia respirar direito, começou a tossir, com a mão estendida para abafar o barulho e a expressão enlouquecida nos olhos.

A irmã correu até a mãe para apoiar sua testa. O pai, que parecia ter sido levado pelas palavras da irmã a pensamentos mais seguros, havia se sentado mais ereto, brincava com seu quepe de funcionário entre os pratos do jantar dos inquilinos que ainda estavam sobre a mesa, e, de vez em quando, olhava Gregor, que estava imóvel.

— Precisamos tentar nos livrar dessa coisa! — disse a irmã, agora exclusivamente ao pai, pois a mãe, em seu acesso de tosse, não ouvia nada. — Isso ainda vai acabar matando vocês, é o que vejo. Quando se precisa trabalhar tão duro quanto nós todos, não é possível ainda aguentar em casa esse tormento eterno. Eu não aguento mais. — E ela irrompeu em choro com tanta violência que as lágrimas escorriam sobre o rosto da mãe, que as limpava com movimentos mecânicos.

A METAMORFOSE

— Filha — disse o pai compassivo e com notável compreensão —, o que deveríamos fazer, então?

A irmã apenas deu de ombros como sinal da perplexidade que a tomara durante o choro, em contraposição à segurança de antes.

— Se ele nos entendesse — disse o pai, quase em tom de pergunta; em meio ao seu choro, a irmã sacudiu com força a mão para mostrar que aquilo era impensável. — Se ele nos entendesse — repetiu o pai e absorveu a convicção da irmã quanto a essa impossibilidade com um fechar de olhos —, talvez fosse possível chegar a um acordo com ele. Mas desse jeito...

— Essa coisa tem que desaparecer! — gritou a irmã —, é o único meio, pai. Você precisa simplesmente se livrar do pensamento de que isso é Gregor. Nosso verdadeiro infortúnio foi termos acreditado nisso por tanto tempo. Mas como isso pode ser Gregor? Se fosse Gregor, já teria entendido há muito tempo que a convivência de pessoas com um animal desses não é possível e teria partido por vontade própria. Então, não teríamos nenhum irmão, mas poderíamos tocar a vida e honrar sua memória. Mas, desse jeito, esse bicho nos persegue, expulsa os inquilinos, decerto quer tomar o apartamento todo e nos deixar passar a noite no beco. Veja só, pai — gritou ela de repente —, ele já começou de novo!

E, em um sobressalto de todo incompreensível para Gregor, a irmã abandonou até mesmo a mãe, saltando da cadeira, como se preferisse sacrificar a mãe a ficar perto de Gregor, e correu para trás do pai, que, agitado apenas pelo comportamento dela, também se levantou e ergueu os braços até meia altura, como se para proteger a irmã.

Mas Gregor não tinha sequer pensado em causar medo a ninguém, muito menos à irmã. Ele só tinha começado a se virar para voltar ao quarto e, contudo, chamara atenção, pois, em decorrência de seu estado adoentado, precisava fazer o difícil giro com a cabeça, que erguia e batia contra o chão várias vezes. Ele parou e olhou ao redor. Sua boa intenção parecia ter sido reconhecida; tinha sido apenas um susto momentâneo. Agora todos olharam para ele silenciosos e tristes. A mãe estendia-se na cadeira, as pernas esticadas e apertadas uma contra a outra, os olhos quase fechados pela exaustão; o pai e a irmã estavam sentados um ao lado do outro, a irmã com a mão ao redor do pescoço do pai.

"Agora talvez eu possa me virar", pensou Gregor e começou seu trabalho novamente. Ele não conseguia suprimir a

A METAMORFOSE

respiração ofegante do esforço e, de vez em quando, precisava descansar. Além disso, ninguém o exortou, era tudo por conta própria. Quando ele tinha completado a volta, imediatamente começou a vaguear para trás. Ficou surpreso com a grande distância que o separava de seu quarto e não compreendeu como, em sua fraqueza, tinha percorrido pouco tempo antes o mesmo caminho quase sem se dar conta. Sempre preocupado em rastejar ligeiro, mal atentou ao fato de que nenhuma palavra, nenhum chamado de sua família, o interrompia. Apenas quando já estava à porta, ele virou a cabeça, não totalmente, pois sentiu o pescoço endurecendo, mas, mesmo assim, ainda viu que atrás dele nada havia mudado, apenas a irmã havia se levantado. Seu último olhar pairou sobre a mãe, que agora havia adormecido por completo.

Mal havia entrado no quarto quando a porta foi batida com bastante pressa, fechada firmemente e trancada. Gregor ficou tão assustado com o barulho repentino atrás dele que as suas pernas cederam. Era a irmã que estava com muita pressa. Ela já havia ficado em pé e estava esperando, saltou para frente, adiante com passadas leves, Gregor nem a ouviu chegar, e gritou um "finalmente!" aos pais enquanto girava a chave na fechadura.

FRANZ KAFKA

"E agora?", Gregor perguntou a si mesmo e olhou em volta no escuro. Logo ele descobriu que não conseguia mais se mover. Ele não se surpreendeu, antes lhe pareceu uma anormalidade que tivesse sido capaz de caminhar até agora com aquelas perninhas finas. No mais, sentiu-se relativamente bem. Ele sentia dores por todo o corpo, mas sentia como se estivessem ficando cada vez mais fracas e, finalmente, desaparecendo completamente. Mal sentia a maçã apodrecida em suas costas e o entorno inflamado, totalmente encoberto por uma camada fofa de poeira. Ele se lembrou de sua família com emoção e amor. Sua própria opinião de que devia desaparecer foi talvez ainda mais decisiva que a de sua irmã. Neste estado de reflexão vazia e pacífica, ele permaneceu até que o relógio da torre bateu três horas da manhã. Ele ainda estava presenciando o início do clarear geral lá fora pela janela. Então, sua cabeça se afundou sem que fosse de sua vontade, e das narinas correu seu último e fraco suspiro.

Quando a faxineira chegou bem cedo — batendo com força e pressa todas as portas, o que já lhe haviam pedido várias vezes para evitar, porque não era mais possível ter um sono tranquilo depois de sua chegada —, num primeiro momento, não encontrou nada de especial em sua curta

A METAMORFOSE

e habitual visita a Gregor. Pensou que ele estava deitado daquele jeito, tão imóvel, de propósito, e que se fazia de ofendido; ela lhe dava razão de todas as formas possíveis. Por acaso, estava na porta com a longa vassoura na mão e tentou fazer cócegas em Gregor com ela. Como não obteve sucesso, ficou nervosa, empurrou Gregor um pouco e, apenas quando o moveu de seu lugar sem qualquer resistência, foi que prestou atenção. Ao perceber a situação, arregalou os olhos, assobiou, mas não permaneceu ali por muito tempo, abrindo com tudo a porta do quarto e gritando em voz alta para a escuridão:

— Vejam só, senhores, a coisa bateu as botas; está lá caída, bateu as botas para valer!

O casal Samsa estava sentado na cama grande, ereto, e os dois tiveram que superar o susto com a faxineira antes de compreender o que ela lhes comunicava. Mas então o senhor e a senhora Samsa se levantaram rapidamente da cama, cada um de seu lado, o senhor Samsa jogou o cobertor sobre os ombros, a senhora Samsa saiu apenas de camisola; dessa forma, entraram no quarto de Gregor. Nesse meio--tempo, a porta da sala de estar, onde Grete estava dormindo desde a chegada dos inquilinos, também se abriu; ela estava totalmente vestida, como se não tivesse dormido nada, e seu rosto pálido, inclusive, parecia comprovar isso também.

— Morto? — perguntou a senhora Samsa, olhando para a faxineira com ares interrogativos, ainda que pudesse ela mesma verificar e até mesmo reconhecer sem verificação.

— É o que quero dizer — respondeu a faxineira e, como comprovação, empurrou o cadáver de Gregor com a vassoura mais um bom tanto para o lado. A senhora Samsa fez um movimento como se quisesse conter a vassoura, mas não o fez.

— Bem — disse o senhor Samsa —, agora podemos agradecer a Deus. — Ele fez o sinal da cruz, e as três mulheres seguiram seu exemplo. Grete, que não tirava os olhos do cadáver, disse:

— Vejam só como estava magro.

Também, já fazia tanto tempo que não comia nada. Do jeito que entrava, a comida saía. De fato, o corpo de Gregor estava totalmente achatado e seco, apenas agora se reconhecia isso, pois não estava mais erguido pelas perninhas e também nada mais havia de que se desviasse o olhar.

— Grete, entre um bocadinho aqui conosco — disse a senhora Samsa, com um sorriso melancólico, e Grete, não sem

A METAMORFOSE

olhar o cadáver lá atrás, seguiu os pais até o quarto. A faxineira fechou a porta e abriu a janela totalmente. Apesar do amanhecer, o ar fresco já estava misturado com um pouco de calor. Era apenas final de março.

Os três inquilinos saíram do quarto e, surpresos, olharam ao redor, procurando o café da manhã; tinham se esquecido deles.

— Onde está o café da manhã? — perguntou zangado o homem do meio à faxineira. Mas ela pôs o dedo na boca e acenou, frenética e calada, aos senhores para que fossem ao quarto de Gregor. Assim foram e, com as mãos nos bolsos de seus casacos um tanto gastos, pararam em volta do cadáver de Gregor no quarto já totalmente iluminado.

Então, a porta do quarto se abriu, e o senhor Samsa apareceu em seu libré, a esposa em um braço, a filha no outro. Todos pareciam ter chorado um pouco; Grete às vezes pressionava o rosto contra o braço do pai.

— Saiam da minha casa agora! — disse o senhor Samsa, apontando a porta sem largar das mulheres.

— O que o senhor quer dizer com isso? — questionou o homem do meio, um tanto atordoado, e sorriu docemente. Os outros dois mantiveram as mãos às costas e as

105

esfregavam sem parar, como se na espera alegre de uma grande briga que, no entanto, devia favorecê-los.

— Foi isso mesmo o que eu disse! — respondeu o senhor Samsa, que, então, seguiu em linha reta com suas duas acompanhantes até o quarto do inquilino. Este primeiro ficou parado e calado, olhando para o chão, como se as coisas se reordenassem em sua cabeça.

— Ora, então nós vamos embora — disse ele, olhando para o senhor Samsa, como se, em um surto repentino de humildade, pedisse até mesmo uma nova permissão para tal decisão. O senhor Samsa apenas balançou a cabeça várias vezes com olhos arregalados. Assim sendo, o inquilino de fato avançou a passos largos até a antessala; os dois amigos já estavam escutando havia um tempinho com mãos calmas e seguiram o outro aos pulinhos, como se temessem que o senhor Samsa se pusesse diante deles na antessala e perturbasse a conexão com seu líder. Na antessala, todos os três pegaram os chapéus do cabideiro, puxaram suas bengalas do porta-bengalas, curvaram-se silenciosamente e saíram do apartamento. Em uma desconfiança que se demonstrou totalmente infundada, o senhor Samsa foi até o vestíbulo com as duas mulheres; curvados sobre o corrimão, viram

A METAMORFOSE

como os três senhores desciam devagar, mas sem parar, a longa escada, desapareciam em cada andar em certa curva da escadaria e ressurgiam logo depois de alguns momentos; quanto mais abaixo estavam, mais a família Samsa perdia o interesse, e, quando um rapaz do açougue parou diante deles com a encomenda na cabeça e postura orgulhosa, logo o senhor Samsa se afastou do corrimão com as mulheres, e todos voltaram, como se aliviados, para o apartamento.

Eles decidiram usar aquele dia para descansar e passear; não apenas mereciam essa pausa do trabalho, como sem dúvida necessitavam dela. E então se sentaram à mesa e escreveram três cartas de desculpas: o senhor Samsa à direção do banco, a senhora Samsa ao empregador e Grete ao dono da loja. Enquanto escreviam, a faxineira entrou para dizer que estava indo embora, pois seu trabalho da manhã havia terminado. De início, os três apenas acenaram a cabeça, sem olhar para a frente; somente quando a faxineira não deu sinal de que se afastaria logo, eles olharam irritados.

— Então? — perguntou o senhor Samsa. A faxineira estava à porta, sorrindo, como se tivesse uma grande notícia para anunciar à família, mas só faria se questionada cuidadosamente. A pena de avestruz quase reta em seu chapéu, com a

FRANZ KAFKA

qual o senhor Samsa já se irritara durante todo o seu tempo de serviço, balançava levemente em todas as direções.

— O que deseja? — perguntou a senhora Samsa, por quem a faxineira tinha ainda o máximo respeito.

— Bem — respondeu a faxineira, que não conseguiu falar de pronto diante do sorriso amigável —, a senhora não precisa se preocupar sobre como jogar fora aquela coisa que fica no quarto ao lado. Já está em ordem.

A senhora Samsa e Grete curvaram-se sobre as cartas, como se quisessem continuar a escrever; o senhor Samsa, que percebeu que a faxineira tinha a intenção de começar a descrever tudo em detalhes, impediu-a de modo firme com a mão estendida. Como não pôde contar, a mulher se lembrou da grande pressa que tinha, gritando, obviamente ofendida:

— Adeus a todos!

Virou-se loucamente e saiu do apartamento com uma batida estrondosa de porta.

— Hoje à noite ela será dispensada — disse o senhor Samsa, mas não obteve resposta da mulher nem tampouco da filha, pois a faxineira parecia ter perturbado a paz que mal haviam recuperado. Elas se levantaram, foram até a janela e lá ficaram, mantendo-se abraçadas. O senhor Samsa virou-se

A METAMORFOSE

para elas de sua cadeira e as observou em silêncio por um instante. Então, disse em voz alta:

— Venham até aqui. Deixem para trás de uma vez por todas o que passou. E tenham um pouco de consideração por mim.

Logo as mulheres seguiram suas palavras, correram até ele, acarinharam-no e rapidamente terminaram suas cartas.

Então, os três deixaram juntos o apartamento, o que não faziam havia meses, e seguiram ao ar livre com o bonde elétrico pelo subúrbio da cidade. O vagão, no qual se encontravam sentados sozinhos, estava totalmente iluminado pelo sol quente. Inclinando-se confortavelmente para trás em seus assentos, conversaram sobre as perspectivas do futuro e descobriram que, se olhassem de perto, não eram de forma alguma ruins, pois os empregos que tinham, sobre os quais realmente nunca haviam trocado informações, eram bastante favoráveis e especialmente promissores. A grande melhoria imediata da situação deveria vir, claro, da mudança de apartamento; queriam um apartamento menor e mais barato, mas mais bem localizado e, sobretudo, mais prático do que o atual, que fora escolhido ainda por Gregor. Enquanto conversavam, o senhor e a senhora Samsa perceberam quase ao mesmo tempo, em vista de sua filha cada vez mais animada, como, nos últimos tempos, apesar de todos os problemas que empalideceram suas bochechas, ela havia florescido como uma moça bela e viçosa. Cada vez mais silenciosos e quase inconscientemente se entendendo por olhares, pensavam que agora seria também a época de procurar para ela um bom marido. E para eles foi como uma confirmação de seus novos sonhos e boas intenções, quando, no fim de sua viagem, a filha foi a primeira a se levantar e esticar seu corpo jovem.

A METAMORFOSE
KAFKA

SIGA NAS REDES SOCIAIS:

⊙ @EDITORAEXCELSIOR

f @EDITORAEXCELSIOR

✗ @EDEXCELSIOR

☺ @EDITORAEXCELSIOR

EDITORAEXCELSIOR.COM.BR